# Por la banda de Abel. Supervivencia en la España moderna y contemporánea

## Manuel Recuero Astray

RECUERO ASTRAY, Manuel: *Por la banda de Abel. Supervivencia en la España moderna y contemporánea*; Ediciones 19, Madrid, 2025, 174 pp. 16x16 cm.

ISBN Papel: 978-84-19159-41-0 ISBN Digital: 978-84-19159-42-7 DL: M-15006-2025

Información: ediciones19@gmail.com / https://ediciones19.blogspot.com/p/novedades.html

VENTA EN PAPEL: Librerías en España. Además:

grupoediciones19.bajodemanda.com

Península Ibérica, Canarias y Baleares https://www.agapea.com/

Argentina *CUSPIDE http://www.cuspide.com/ *MANDRAKE mandrakelibros.com.ar *OZONUM Mercado Libre https://listado.mercadolibre.com.ar/

Brasil *O ATENEUM www.oateneum.com.br

Colombia *LEMOINE EDITORES www.librosyeditores.com *BIBLIOSTORE Mercado Libre https://listado.mercadolibre.com.co/ *LIBRERIA DE LA U www.libreriadelau.com

Chile *BIBLIOSTORE CHILE - Mercado Libre https://www.mercadolibre.cl/ *Voy a Leer www.voyaleer.cl / *WePrint

Ecuador *POWER STORE BOOKS www.powerstorebooks.com *THE BOOKS LINK www.thebookslink.com

Estados Unidos: *Ingram-US

Guatemala *SOPHOS

Méjico *BIBLIOSTORE México - Mercado Libre https://www.mercadolibre.com.mx/ *Librerías GANDHI www.gandhi.com.mx/ *Librerías GONWIL www.gonvill.com.mx

Perú *ALEPH IBD (Mercado Libre) https://listado.mercadolibre.com.pe/ *Librería SBS https://www.sbs.com.pe

Uruguay *MERCADOLIBROS (Mercado Libre) https://mercadolibros.uy/ *PALACIO DEL LIBRO S.A. www.libreriapocho.com.uy

DIGITAL: https://www.casadellibro.com/

¿Desde dónde se pueden comprar los eBooks?

España, Portugal, Austria, Alemania, Argentina, Bélgica, Chile, Chipre, Colombia, Eslovaquia, Eslovenia, Estonia, Finlandia, Francia (Guayana Francesa, Guadalupe, Martinica, Reunión, San Pedro, Miquelón, Wallis y Futuna.), Grecia, Irlanda, Italia, Luxemburgo, México, Mónaco, Países Bajos, Polinesia Francesa, Reino Unido, Suiza. ADEMÁS https://vivlio.casadellibro.com/ Argentina, Chile, Colombia, España, Francia, México y Reino Unido

# Por la banda de Abel.
# Supervivencia en la España moderna y contemporánea

# ÍNDICE

"En cada individuo están presentes el pasado y el futuro de la humanidad"
(J. RATZINGER, *Introducción al cristianismo*, ed. Sígueme, 2005, p.207).

"Cuantas cosas hemos oído y las hemos entendido y nos las contaron nuestros mayores, lo contaremos a otra generación" (*Salmo* 37).

# Introducción

Sobrevivir en España durante más de cuatro siglos, sin pertenecer a ningún gran linaje o fortuna importante, y que sus descendientes puedan contarlo, con cierta añoranza y orgullo, tiene su mérito. Sobre todo, además, si los protagonistas pertenecen a más de un ámbito peninsular, que el tiempo acabó entrelazando. Ese es el caso que nos ocupa, el de varias familias de distinto origen, gallego y castellano-manchego, pero de trayectoria vital muy similar, que unieron su destino en la primera mitad del siglo XX, después de un largo recorrido durante los tres siglos anteriores.

En todos los casos, se trata de gente relativamente modesta pero no pobre, clase media, escasa en España hasta épocas muy recientes: propietarios, vinculados al ámbito rural, pero también ejerciendo profesiones liberales en poblaciones de cierta entidad, que requerían una formación específica, incluso universitaria. En algún caso, un pariente relevante y rico, facilitó la supervivencia de la saga, a través de una Fundación, con dotes para las mujeres y ayudas para los varones. Pero, por lo demás, su suerte estuvo condicionada a sus propias capacidades y esfuerzos, combinados con enlaces matrimoniales que, en más de una ocasión, permitían mejorar o, por lo menos, mantener un cierto estatus social para ellos mismos y para sus descendientes.

Visto desde la perspectiva del siglo XXI, el mundo en que vivieron aquella gente, sobre todo antes de la revolución industrial y durante el Antiguo Régimen, entre los siglos XVII y XVIII, se caracterizaba por la falta de seguridad y de bienestar. Solo la familia o algunas instituciones religiosas, en el caso de los más pobres, que eran la mayoría, garantizaban la supervivencia. Quienes alcanzaban un grado de prosperidad suficiente, trataban de mantenerla y mejorarla; pero no era fácil. Tan solo en el ámbito más alto de la nobleza, el más minoritario, se podía mirar al futuro sin incertidumbre. El resto estaba obligado a luchar de generación en generación para poder sobrevivir.

La historiografía moderna, sobre todo la marxista, que ha envenenado nuestro mundo con su odio, también lo ha hecho con el de nuestros antepasados, intentando hacernos creer, que todo el que alcanzaba una cierta posición, aunque fuera por su mérito y capacidad, pasaba a ser un opresor de quienes no lo conseguían. Esta visión de la historia es bastante triste, ninguna persona normal, ni entonces ni después, ha sido indiferente al sufrimiento ajeno, por muy limitadas que fueran sus posibilidades. En el mundo ha podido haber, y sigue habiendo, mucho egoísmo, junto a una gran impotencia para hacer frente a las necesidades ajenas, pero eso no implica necesariamente que se hayan mantenido unas actitudes opresivas, como si esas fueran la única realidad predominante a lo largo de la historia.

Algunos de nuestros protagonistas llegaron a pertenecer a grupos de liderazgo, que no necesariamente oligárquicos, al ejercer el derecho o la medicina y otras profesiones liberales. Por supuesto, procuraron para sus hijos esa misma dedicación, al igual que trataban de legarles un patrimonio suficiente. Son actitudes legítimas que si se unen a una sólida formación moral y religiosa, acaban por transmitir de generación en generación, valores y actitudes que perduran y de las que acaban siendo beneficiarios muchos de sus descendientes.

Sin duda habría de todo, mejor y peor gente, como en todo grupo social; pero me gusta pensar que su supervivencia está ligada a esas actitudes y valores a que acabo de referirme. Las que, al perdurar en el tiempo, se convirtieron en características de varias generaciones, que transitaron "por la banda de Abel", el título de mi relato, y en contraposición de aquellas otras historias en que sus protagonistas parecen inclinarse más "por la banda de Caín", del lado del mal, el odio y la violencia.

Como ya he dicho, de todo habría dentro del centenar de antepasados a los que directa o indirectamente habremos de referirnos, pero la impresión que nos queda, después de reavivar su recuerdo, oscurecido por el tiempo, es que se trataba de gente por lo general bastante buena, normal, con sus virtudes y defectos, protagonistas de historias que nos ayudan a comprender mejor de donde venimos.

Más allá del puro dato genealógico, he intentado hacer una recreación histórica que nos permita conocer mejor a quienes vivieron en los últimos cuatro siglos en distintos ámbitos de la Península Ibérica. Sin renunciar al rigor histórico y sobre la base de los datos y referencias que he podido rastrear durante años, me permito volver a darles vida en su contexto, procurando que esa recreación sea lo más certera e ilustrativa posible, sin renunciar a imaginar aquello que nos resulta imposible conocer.

Las primeras referencias de las que nos vamos a ocupar son la de los Barreiro y Astray de Galicia, que se localizan en el ámbito compostelano desde principios del siglo XVII, hasta terminar a finales del siglo siguiente afincados en la parroquia del Lestrove, una aldea del actual municipio de Dodro, cercana a la villa de Padrón.

El motivo de empezar por el "costado" gallego se debe a que fue un Astray, quien a principios del siglo XX se trasladó a La Mancha en busca de mejor fortuna, emparentando allí, en la villa de San Clemente, con gentes de aquella región, los Risueño, de la que en su momento nos ocuparemos, remontándonos también hasta el siglo XVII. Con el colofón de los Recuero-López, originarios de Valdepeñas y Ciudad Real, que cierran el ciclo de supervivencia, uniendo su destino al de los Astray-Risueño a mediados del siglo XX.

En todo caso todas las familias de las que trataremos tienen el denominador común que al principio señalaba: gente corriente de la España Moderna y Contemporánea, más o menos anónima, pero no por eso carente de interés; sobre todo si su recuerdo supone en muchos aspectos la raigambre de la que procedemos.

# 1. El Pórtico de la Gloria

La sutura no estaba siendo nada sencilla, este tipo de lesiones craneales requerían cierta destreza, la de un cirujano experto que hubiera estudiado por el manual de Roda; pero Simón Barreiro no era más que un barbero sangrador. Las urgencias hicieron que pusieran en sus manos a aquel peregrino con la cabeza medio rota; no era la primera vez que atendía este tipo de dolencias, con frecuencia le tocaba dar los primeros auxilios a los que llegaban a Santiago de Compostela accidentados del Camino. Pero en el caso que nos ocupa lo estaba pasando bastante mal, el Hospital Real se encontraba lleno y los enfermos amontonados por las crujías, el personal no daba abasto y aquel cerebro no paraba de sangrar. Algunas veces pensaba que más le hubiera valido dedicarse a otra cosa y no aquel oficio tan poco agradecido. Por fin consiguió parar la hemorragia, vendar al herido y buscarle acomodo en uno de los jergones de la nave principal.

Salió por el patio de San Juan -para variar llovía-, se lavó las manos y la cara en uno de los pilones y recogió sus bártulos, estaba bastante cansado. El descalabrado fue el último de los que había tenido que atender aquella tarde, muchos peregrinos llegaban con ampollas en los pies, cuando no enfermos, con fiebre u otros síntomas más o menos graves. A algunos tenía que sangrarlos, otros quedaban a expensas de que fueran atendidos por algún médico y había quien llegaba allí para morir de agotamiento. Los que más sufrían eran los que tenían la boca destrozada y era necesario sacarles algún diente. Otros con un masaje se aliviaban de sus contracturas y lesiones.

Hospital Real de Santiago.

Azabachería.

También se atendían partos de la gente de la zona, un par de días antes se había dado el caso de una aldeana de la parroquia de Conjo que llegó al Hospital Real con el cordón umbilical todavía unido al bebé fuera del seno materno: el bueno de Simón tuvo que cortarlo, para que la mujer y su hijo pudieran ser atendidos. Más trágico era cuando le llamaban las comadronas para extraer el cuerpo muerto de un niño o tratar de salvarlo si era la madre la que no había sobrevivido.

El trabajo en el Hospital Real de Santiago era duro, pero Simón

Torres del Oeste.

ya estaba acostumbrado, por suerte no se había embrutecido. Como cada día al salir camino de casa, bordeaba la Catedral por la Azabachería y atravesaba la ciudad hasta la puerta de San Pedro, precisamente por la que entraban los peregrinos que venían del camino francés. Normalmente iba cansado y pensativo por unas callejuelas mal empedradas y sinuosas, entre casas estrechas y oscuras, bastante hacinadas; salvo algún que otro edificio de cantería bien labrada, como las Casas Reales junto a la muralla, casi todas eran de madera. No muy lejos de la puerta del Camino estaba su propia vivienda, sobre un solar que los Barreiro habían conseguido mediante foro. Simón estaba contento y se sentía muy compostelano, aunque no había nacido en la ciudad, sino en Valga, una aldea cercana al río Ulla y a las torres del Oeste, que servían de defensa contra los piratas que entraban por la Ría de Arosa y saqueaban las tierras de Iria Flavia y de Padrón.

Muchas veces había oído hablar a su madre de aquellos lugares, que apenas recordaba, pues era muy pequeño cuando la familia tuvo que abandonar Valga:

– "Te bautizamos en la iglesia de Santa María de Xanza, muy antigua, tu padre dice que allí están enterrados sus antepasados y le tenía mucho cariño a la tierra, nunca pensó que tendría que abandonarla. Pero las cosas se pusieron muy difíciles, pues desde hacía tiempo las bandas de piratas sarracenos, algunos dicen que son turcos, gente muy desalmada y peligrosa, entraban por la Ría y nos hacían la vida imposible. Cuando menos te lo esperabas desembarcaban de sus galeras y saqueaban las aldeas. A principios de 1632, siempre lo recordaré porque era año de jubileo, le tocó a la nuestra, fue horrible: incendiaron las casas, robaron todo lo que quisieron, mataron a muchos vecinos y se llevaron a unos cuantos cautivos. Nosotros pudimos escapar, salimos con lo puesto y nos refugiamos en Iría con otros de la feligresía, desde allí con ayuda de algunos parientes nos vinimos a vivir a Compostela".

.Casas Reales.

Santa María de Xanza.

A Simón le impresionaban mucho estos relatos de su madre, la verdad es que él apenas recordaba nada; si acaso alguna imagen de aquellos días de escapada, pero poco. Desde luego nada de los moros y sarracenos, puesto que por suerte no llegó a ver a ninguno. Se los imaginaba con cara de malos, turbante y barba, como los que el Apóstol Santiago mataba desde su caballo, según se representaba. Aunque decían que era imposible que los piratas llegaran a Santiago, algunas noches soñaba con ellos y que se lo llevaban cautivo. Sus padres le tranquilizaban:

– "No te preocupes *meniño*, la Virgen Santísima y el Santo Apóstol nos seguirán ayudando".

Igual que los Barreiro llegaban cada año a Compostela muchas otras familias de las aldeas colindantes, que se sumaban a una población no sobrada de recursos. En la mayoría de los casos no huían de los piratas, sino del hambre, venían sin nada. Muchos tenían que acudir a los lugares habilitados por el cabildo de la Catedral para dar de comer a los más pobres, víctimas de las hambrunas. Simón no recordaba haber pasado tanta necesidad, pero si a sus padres muy preocupados por sacar la familia adelante.

El padre de Simón, que se llamaba Alonso, se pudo dedicar a la barbería gracias a la ayuda de sus parientes, aunque sin pasar de servicios puramente higiénicos: lavados y cortes de pelo. Su madre, Catalina, se dedicaba a tareas de lavandería. Ahorraron y prosperaron, por lo menos para ayudar a sus hijos a salir adelante en unas circunstancias nada fáciles. Además de los problemas del hambre y la carestía, andaban los tiempos muy revueltos por las guerras con los ingleses, contra los que la Monarquía Española estaba perdiendo todas las batallas.

Todo eso a Simón le quedaba lejos y le venía grande, lo importante como siempre le decía su padre era ser persona trabajadora y honrada, no andar en malas compañías y querer mucho a la familia, como la única cosa segura en esta vida. Su madre también añadía que tenía que prepararse para la otra, como gente piadosa y católica, según la fe de sus antepasados. Para ilustrarle le contaban historias de la Biblia que a Simón le impresionaban mucho, pero la que más le llamaba la atención era la de Caín y Abel, los hijos de Adán y Eva, uno bueno y otro malo. Su madre para que se portase bien solía decirle:

- "Nosotros no somos de la banda de Caín, sino de la de Abel".

Al principio Simón pensaba que la banda de Caín sería un grupo de turcos y sarracenos como el que había atacado a su familia, hasta que su madre le explicó que banda quería decir "de qué lado se pone cada uno". Y añadía:

– "Abel era generoso y bueno, le ofrecía a Dios lo mejor que tenía; Caín en cambio era egoísta y violento, andaba siempre rumiando sus envidias y rencores, un personaje complicado".

Cuando iban a la Catedral y se paraban delante del Pórtico de la Gloria, Simón solía preguntar quienes eran aquella gente. Sus padres le explicaban, haciéndole mirar hacia lo más alto:

— "Arriba del todo, rodeado de ángeles y santos está Nuestro Señor Jesucristo, debajo el Apostol Santiago, en la banda de la izquierda los Profetas y en la de la derecha los Apóstoles".
— "¿Y en que banda está Abel?"
— En ninguna, en todo caso entre las figurillas que van al Cielo.
— "¿Y Caín?".
— "Más bien entre las del infierno".

Simón no podía evitar poner cara de horror al mirar aquellas figuras a las que se les arrancaba la lengua y se sometía a grandes tormentos, según los pecados que habían cometido. Su madre le tranquilizaba:

— "No te preocupes, pórtate bien e irás al Cielo, solo los que son malos y violentos como Caín se van al infierno".

Si el espectáculo del Pórtico de la Gloria llamaba la atención de Simón, no lo hacía menos el personal variopinto que deambulaba por la ciudad. Estaban los fijos, pobres e inválidos, pedigüeños y desheredados, de los que en Santiago se contaban por centenares, vivían de la caridad o del simple latrocinio y eran el quebradero de cabeza de las autoridades; sobre todo del alguacil mayor que nombraba el arzobispo para hacer frente a los desórdenes públicos.

Los más conflictivos eran los borrachos, que a veces se ponían muy violentos y agresivos. Simón los ubicaba en la banda de Caín y les tenía bastante miedo. Como tendría ocasión de comprobar con el tiempo, muchos acababan en el Hospital, con vomitonas terribles y medio muertos. La mayoría eran pobres desheredados que vivían en la zona de las Huertas, según se salía de la Plaza del Hospital por la puerta del mismo nombre, entre los huecos abandonados de la antigua muralla, en medio de la basura y en la miseria. Pero otros eran estudiantes de la Universidad, un grupo de población bastante numeroso, para lo que era la ciudad de Santiago.

Los sentimientos de Simón hacia aquellos estudiantes eran una mezcla de prevención y envidia. Sus padres deseaban que pudiera estudiar y promocionarse, para llegar a formar parte de la población más acomodada de Santiago, a salvo de la miseria. Pero él no lo tenía tan claro, prefería ganarse la vida mediante un oficio honrado. No era un analfabeto como la mayoría de sus compañeros de juegos, sus padres lo mandaron a la catequesis a San Pedro de Fuera, un pequeño monasterio medio arruinado, no lejos de su casa, donde un capellán atendía el culto y daba formación a algunos niños.

Por entonces el capellán de San Pedro de Fuera era don Pedro Osorio, un hombre bastante mayor, un anciano para la época, algo cascarrabias pero buena persona. Su curato dependía de la Catedral y era de extracción relativamente modesta, pero había podido ir al Seminario y ordenarse sacerdote. Con su barba larga y su sotana un poco raída tenía un aspecto venerable, cuidaba de lo que quedaba de la biblioteca del antiguo monasterio: misales, libros de canto y de teología, algunos

de moral. Vivía en unas dependencias antiguas que todavía se mantenían en pie, pegadas a la vieja iglesia románica. Contaba muchas historias, que a Simón le encantaban.

Como su iglesia estaba a la vera del camino, poco antes de entrar en Santiago, había visto pasar y atendido a muchos peregrinos que llegaban de muy lejos, aunque últimamente cada vez venían menos. Decía que la culpa la tenían los protestantes, que habían quitado la devoción a muchos buenos cristianos y añoraba los tiempos en que nobles y reyes de toda la Cristiandad, como decía él, venían a rendir culto al Apóstol.

San Pedro de Fuera.

También sabía mucho de milagros y otros hechos prodigiosos que le habían pasado a los caminantes, sobre todo gracias a la intervención de la Virgen, de la que era muy devoto. Cuidaba de un pequeño cementerio, donde estaban enterrados muchos peregrinos, desde tiempos muy antiguos; también se enterraban allí los vecinos de las casas cercanas. Desde el principio Alonso y Catalina, los padres de Simón, se acogieron a la capellanía de San Pedro como feligreses y allí fueron enterrados cuando murieron, algunos años después de haberse trasladado a vivir a Compostela.

Iria Flavia.

# 2. El barbero sangrador

La Plaza de Platerías de Santiago en una fotografía del siglo XIX.

Simón Barreiro había heredado de su padre el oficio de barbero, pero en su caso no se limitó a los servicios propios de quien se dedicada a cortar pelos y barbas, tuvo la suerte de encontrar empleo de barbero sangrador y, aunque fuera un trabajo duro, no estaba mal remunerado. No todos los que llegaban a Santiago, a veces casi con lo puesto, tenían la suerte de poder conseguir un oficio tan importante para la ciudad. Bien es verdad que, el acceso de Simón Barreiro al oficio de barbero sangrador, se había visto facilitado por su matrimonio con la hija de un profesional del gremio; lo que le permitió realizar los estudios necesarios y conseguir la correspondiente licencia para el ejercicio de la profesión; eso sí, tras ser examinado por los Maestros Mayores del Protobarberato.

También es verdad, que su habilidad y dedicación le proporcionaron enseguida prestigio y fama; lo que propició que, en el año 1663, se requirieran sus servicios en el Hospital Real de la capital compostelana; un maravilloso edificio construido por orden de los Reyes Católicos hacía casi 150 años. Cuando entró por primera vez a trabajar allí se quedó asombrado, realmente el lugar era magnífico, aunque lo que se vivía dentro resultaba bastante dantesco. A veces tenía que acudir a atender a algunos pacientes importantes que requerían sus servicios, gentes pertenecientes al cabildo o algún miembro del medio centenar de familias nobles que vivían en Santiago. Incluso llegó a aliviar a algún que otro arzobispo de sus callosidades y juanetes, teniendo en mucho sus servicios, que fueron debidamente remunerados.

Con el tiempo pudo trasladarse a vivir a la Rúa Nueva, una de las principales, bien empedrada y con soportales. Cuando enviudó de su primera mujer volvió a casarse con una bastante más joven que él, que se llamaba María Dolores Rodríguez de Prado. Simón y Dolores tuvieron una hija y dos hijos, María Antonia, Benito y Bartolomé, que nacieron en el Hospital Real bajo los cuidados de su propio padre. En apenas dos generaciones los Barreiro se habían asentado como una familia acomodada en Santiago de Compostela.

No se puede decir que el matrimonio de Simón y María Dolores fuera de conveniencia, estaban bastante enamorados. Se conocieron cuando el padre de ella requirió los servicios de Simón; este último estuvo acudiendo durante varios días a su casa. La amistad y la atracción surgieron de forma natural, sin que hubiera demasiadas reticencias; así que después de algunos meses de relación se casaron en la iglesia del monasterio de San Pelayo, donde la novia tenía una hermana monja benedictina.

Por entonces Simón era ya un hombre maduro, bien entrado en la treintena, con amenaza de cumplir los cuarenta, pero no había perdido su buena presencia. No en vano entre las cosas que heredó de su padre estaban las buenas hechuras: era alto, para lo que se estilaba por aquella época, y de constitución atlética, bien proporcionado, cara alegre y sonrisa franca. María Dolores que le veía con los ojos del cariño, le decía con frecuencia:

— "Me recuerdas al Profeta Daniel del Pórtico de la Gloria"

A Simón le daba un poco de vergüenza que le dijera esas cosas, pues ya era un poco mayorcito para andarse con zalamerías; pero en el fondo le gustaba, así que respondía:

— "Pues a mí tú me recuerdas a la bella Berenguela".

Esto de sacar a pasear a las esculturas de la Catedral era recurso habitual entre los compostelanos, que siempre tuvieron a los personajes que habitaban en el templo, muy presentes en su imaginario. "La bella Berenguela" no era otra que la primera mujer del rey Alfonso VII, enterrada en la capilla de las reliquias desde el siglo XII, bajo una lapida con su efigie, que todos admiraban precisamente por su belleza. Era más venerada que las reliquias de los santos y algunos estudiantes andaban medio enamorados de ella, con ese amor platónico tan característico entre los que no acaban de superar la adolescencia. El mismo Simón, cuando era mucho más joven, tenía bastante querencia por aquella efigie tan hermosa y serena, que en algunos aspectos le recordaba a su madre.

Ahora enamorado de María Dolores, también la idealizaba asimilándola a la legendaria reina. La primera mujer, de la que había quedado viudo, era muy distinta, menos "angélical" por decirlo de alguna manera. Como él trabajaba en el Hospital Real, en su caso como moza de sala; se trataba de una mujer fuerte y corpulenta, con carácter. Pero no sobrevivió a la epidemia de peste de 1649, pues se puso enferma contagiada por alguno de los pacientes. Simón quedó desolado, pues su madre también había muerto uno meses antes de unas cuartanas; lo cierto es que tardó bastante en reponerse de aquellas desgracias. Aunque estaba muy familiarizado con la muerte, a la que veía cada día en el Hospital, no esperaba que llamara tan pronto a su puerta. Cuando se acercaba por el Pórtico de la Gloria le entraba un poco de congoja, pensando en las ocasiones en que había ido de pequeño. Se imaginaba a su madre, junto a su primera esposa, entre los de la fila de los que esperaban para entrar en la Gloria. Después entraba el mismo en la Catedral y se iba a rezar a alguna de las capillas, pidiéndole a la Virgen que le ayudara en su pena. A veces se paraba delante del capitel en que se veía a Caín matando a Abel y recordaba lo que tantas veces le había dicho su madre:

- "Al cielo van los buenos y los pacíficos".

Durante algún tiempo disfrutó todavía de la compañía de su padre que a pesar de su edad seguía siendo un hombre fuerte. Con todo, los años pasaban factura y andaba el hombre algo achacoso, con el genio de siempre pero atemperado por la bondad que le caracterizaba. Él fue quien animaba a su hijo Simón para que volviera a casarse y tuviera los hijos que no había podido tener en su primer matrimonio. Cuando se fueron a vivir a la Rúa Nueva pudieron trabar relación con gente más arraigada que ellos en Compostela, hasta que finalmente Simón conoció a la de Prado y le pidió matrimonio, por supuesto con el permiso de su padre, que estaba encantado con aquel enlace, sin poner reparos a los méritos o deméritos del barbero sangrador. En su caso si que se veía viejo y achacoso, viudo como su futuro consuegro y encantado de que su hija menor encontrara marido en aquellos tiempos tan complicados y difíciles.

Santiago era una ciudad cada vez más deteriorada y empobrecida, en realidad como toda España, pero eso no servía de consuelo para sus habitantes, ni siquiera los nobles dejaban de tener problemas y dificultades. No digamos los pobres y desheredados, que cada día eran más y vivían en condiciones más precarias. Unos cuantos miles pertenecientes a familias como las de Simón y María Dolores vivían con cierto acomodo. La tumba del Apóstol seguía atrayendo visitantes, pero ni siquiera las peregrina-ciones se salvaron de la decadencia, cada vez eran menos.

En cambio, lo que si aumentaron fueron los refugiados que huían de la persecución religiosa, sobre todo de Irlanda, tras la ocupación inglesa, aumentando los problemas de asistencia a los más necesitados. Un día María Dolores presentó a Simón una de las irlandesas acogidas en el monasterio de Santa Clara, donde iba ayudar en labores caritativas. Se llamaba Margaret O´Sullivan, había huido de los ingleses junto a otras familias nobles, pertenecientes a la milicia y católicas, porque según contaba:

– "Desde que nos invadieron y anexionado nuestra isla, prohibieron el culto católico y expropiaron todas nuestras posesiones, mataron a los sacerdotes y nos obligaron a huir; al principio a las tierras del Norte, después pudimos embarcar y llegar a las costas de Galicia, como hacían los antiguos peregrinos, solo que ahora como refugiados. Llegamos a Compostela y el cabildo nos buscó refugio entre las monjas, a mí y a otras mujeres".

María Dolores propuso a Simón acogerla en su propia casa, para que les ayudara en las labores domésticas:

– "Sobre todo ahora que me he quedado embarazada".

Y añadió:

– "Se trata de una buena mujer, que ha sufrido mucho, su marido murió luchando y su pequeño hijo no sobrevivió a la travesía por mar hasta Galicia. El viaje fue tremendo, de las tres embarcaciones que salieron de Irlanda solo la suya pudo arribar y con dificultades a nuestras costas, las otras se las tragó el mar. Ella casi también se ahoga, al desembarcar en una playa a la que les llevó la marea, pero la salvaron unos pescadores y finalmente pudo llegar hasta Santiago, donde la acogieron las clarisas, hasta ahora. No dejan de llegar cada vez más gente y prefería salir del convento, es mujer piadosa aunque anda un poco amargada, sobre todo con la pérdida de su hijo. Así que si no te importa se instalará en nuestra casa".

Simón escuchaba a su mujer y sin oponerse a la propuesta replicó:

– "Esos malditos ingleses son unos mal nacidos, asesinos y herejes, de la estirpe de Caín. No sé que demonios les pasa, no me gustaría parecerme a ellos pero reconozco que les tengo mucho odio y antipatía. Matan a su propia gente por el hecho de mantenerse fiel a la fe de sus mayores; no hace mucho que tuve que asistir a algunos refugiados que llegaron muy maltrechos desde la mismísima Inglaterra".

Y añadió:

– "Por ahora que se venga, que no la vamos a dejar en la calle, todavía tenemos que dar gracias a Dios por lo que tenemos; pero reconozco que me llevan los demonios cuando veo cosas como esta, parece que la banda de Caín es más poderosa que la de Abel".

María Dolores ya conocía la obstinación con que su marido sacaba el tema de los hijos de Adán y Eva, a veces sin venir mucho a cuento, pero pensaba que en este caso tenía más razón que un santo; así que se limitó a asentir con la cabeza. A la irlandesa, que llamaron Marga por abreviar, la instalaron en un cuarto interior de la vivienda. Se trataba de una mujer de mediana edad pelirroja, no exenta de atractivo físico que a la gente de la aldea, menos familiarizada con la población extranjera que llegaba a Santiago, le llamaba bastante la atención; sobre todo cuando ella y María Dolores acudían los jueves al mercado.

Santiago de Compostela, a principios del XIX.

# 3. La vida en Compostela

Doña Berenguela.

El trabajo de Simón en el Hospital Real lejos de disminuir aumentaba cada vez más: el deterioro de la salubridad pública provocó que hubiera muchos más pacientes aquejados de infecciones; los apestados y los más contagiosos seguían derivándose al Hospital de San Roque. Simón pensaba muchas veces que el contacto diario con el dolor y el sufrimiento le hacía más fuerte, aunque en algunas ocasiones flaqueaba en sus convicciones. En este caso fue su mujer, María Dolores, quien más le ayudó a superar los momentos difíciles. Si por él fuera hubiera abandonado aquel oficio que tantos quebraderos de cabeza le proporcionaba, no podía evitar comentar en casa los sucesos y malos tragos por los que había tenido que pasar.

Un día llegó agotado y muy enfadado porque había atendido a unos prisioneros ingleses, corsarios de una goleta que había emba- rrancado en las costas gallegas y acababan de ser trasladados a Santiago.

– "Estaban bastante maltrechos -decía- y aunque daba pena verlos, al principio me llevaban los demonios por tener que atender a gente tan desalmada. Yo sé que algunos se negaron a ayudarles y algunas de las lesiones que tenían no eran precisamente accidentales. Al cabo hice lo que pude por aliviarlos, pero aún ahora siento rabia contra ellos".

– "No parece que sea esa una actitud muy cristiana –replicó María Dolores –Al fin y al cabo eres tú el que andas siempre con el cuento de Caín y Abel, no puedes pasarte de un bando a otro y menos cuando se trata de aliviar padecimientos."

– "Ya, pero esto de los ingleses me está pudiendo, no resulta fácil ser bueno cada día. En todo caso hice lo que pude por ellos, como lo hubiera hecho por cualquier otro".

– "Pues eso -sentenció su mujer y luego añadió-: por cierto, Marga se ha ofrecido para ayudar en el Hospital Real al ama encargada de los expósitos. Parece ser que cada día hay más y no dan abasto; también llegan mujeres desamparadas que hay que atender y buscarles algún lugar donde vivir".

La irlandesa Marga resultó ser una buena mujer bien dispuesta, su propia vida le hacía más sensible a estas situaciones. Como además era muy piadosa y frecuentaba la iglesia, comenzó a tener fama de santa; sobre todo cuando se fue haciendo mayor, vestida al uso, siempre de negro, como si hubiese entrado en religión o estuviese de permanente luto.

Para María Dolores fue de gran ayuda, en realidad se convirtió en la madre que no llegó a tener en la adolescencia. Además, jugó un papel importante en la educación de sus hijos, pues era una persona particularmente culta. También hábil para otros menesteres como la costura, sabía mucho de paños y ayudaba a Dolores a elegir los mejores cuando acudía a la feria anual que se celebraba con ocasión de la festividad del Apóstol. Entonces se podían adquirir todo género de lienzos y sedas; incluso los tejidos de lana y lino que decían de Cambrai, los más hermosos pero muy caros, para muchos inasequibles. No andaban los tiempos para muchas florituras, la plata escaseaba y el cobre no daba.

La del Apóstol no era la única feria anual, también por la Ascensión y San Lorenzo se llenaba Santiago de mercaderes venidos de todas partes, muchos de ellos portugueses. Además, durante los días que duraban esas ferias, se organizaban espectáculos públicos; sobre todo autos sacramentales y comedias, acompañadas de entremeses y danzas, que se representaban en la plazuela de Platerías. Uno de los Autos que más interés suscitaba era el de Caín y Abel, que Simón como es lógico vivía con intensidad y emoción, sobre todo cuando el presentador, con el descaro habitual, solicitaba atención a la amable audiencia anunciando:

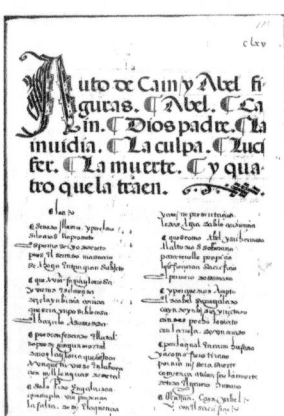

"Como Abel y su hermano
al alto Dios soberano
para tenerle propicio
le ofrecieron sacrificio
el primero de su mano
Y como Dios aceptó
el de Abel su regalo
Caín de envidia incitado
con despecho le mató
con la reja de un arado"

Después salían nada menos que Dios Padre, la Envidia, la Culpa, Lucifer y la mismísima Muerte en un carro tirado por cuatro siniestros personajes. Esta última, la Muerte, vestida de negro y con una careta de calavera, recitaba aquello de:

— "Conozcase ya en la tierra, mis fuerzas y mi osadía"

Los compostelanos añadían a coro:

— "Aquí eres bien conocida"

Es verdad que a más de uno este compadreo con la Parca no le hacía mucha gracia, así mandaban guardar silencio, protestando:

- "¡No sé a qué habéis venido¡".

En alguna ocasión el público no callaba y hubo de suspenderse la función. Simón era de los que se ponía de mal humor añorando mejores tiempos, cuando había más respeto durante las representaciones sacramentales. Lo cierto es que se estaba haciendo mayor y cada vez aguantaba menos aquellas concentraciones de gente. Hacía tiempo que había dejado de asistir a los juegos de cañas, que se celebraban en la plaza del Hospital. Pero lo que más le horrorizaban eran los toros, que para entonces se había convertido en un acontecimiento popular en que la participación era espontánea, hombres y mujeres acosaban a los morlacos con venablos y varas: un espectáculo dantesco.

Muchas veces le había comentado a su mujer:

– "No sé cómo las autoridades organizan semejantes festejos, que siempre acaban con un buen número de heridos y contusionados, cuando no muertos. Bastante trabajo hay en el Hospital como para que lo llenemos de descerebrados persiguiendo a un pobre animal. Y no creas que las mujeres se quedan atrás, las hay que llegan reventadas de una cornada, pero la gente no escarmienta. Algunos del gremio de los barberos sangradores, querían organizar una de estas capeas para celebrar el día de San Cosme y San Damián, nuestro patrono, pero yo me he negado. Menos mal que en la Cofradía me dieron la razón, no se puede organizar semejante esperpento después de la procesión y la misa".

Aunque la ermita de San Cosme y Damián estaba fuera de la ciudad, todos los años el 27 de septiembre los cofrades organizaban una procesión en honra de los santos mártires. María Dolores les explicaba a sus hijos que se trataba de unos médicos cristianos, gemelos, decapitados durante la persecución de Diocleciano. Simón aclaraba que el tal Diocleciano había sido un emperador romano, que había dejado en mantillas a Caín matando cristianos. Lo había leído en la Historia General de España del Padre Mariana, quien calificaba de "crudelísima carnicería" aquellas persecuciones.

María Dolores y Simón dieron mucha importancia a la educación de sus hijos, más si cabe de lo que venía siendo habitual entre sus convecinos. A diferencia de la mayor parte de las mujeres de su tiempo, María Dolores no era analfabeta, gracias a la formación recibida en el ámbito familiar, sus tías y sus abuelas pusieron bastante de su parte. Además de las labores que se suponía eran propias de su sexo, había recibido una buena formación, sobre todo en materia religiosa. Desde el principio quiso que sus hijos acudiesen a la escuela dominical para estudiar el catecismo; incluida su hija Benita, la mayor, que había nacido en 1675. Sus hermanos Pedro y Bartolomé, una vez superadas las primeras letras, continuaron sus estudios en el Colegio de San Jerónimo, que se había trasladado a la misma plaza de la Catedral, justo enfrente del Hospital Real.

A pesar de la ilusión que pudiera tener su madre, ninguno de los dos hijos varones de Simón y Dolores optaron por la carrera eclesiástica. Tampoco se dedicaron al oficio de su padre, convencidos de que ser barbero sangrador no resultaba excesivamente gratificante y si demasiado sacrificado. Los dos se casaron y pudieron vivir como gente acomodada en Santiago, asistiendo a la llegada de los borbones a España. Las expectativas de Simón Barreiro de tener sucesión familiar en el oficio de la barbería, frustrada en sus hijos varones, se realizó de forma indirecta a través de su hija Benita.

# 4. La saga de Figueroa

El arzobispo Antonio de Monroy (capilla del Pilar, catedral de Santiago., 1723).

Entre los que habitualmente seguían llegando a Compostela desde todos los puntos de Galicia en aquellas últimas décadas del siglo XVII, se encontraba un tal Manuel Cabanelas Figueroa o simplemente Manuel Figueroa, como a él le gustaba que le llamasen. Simón Barreiro lo conoció cuando se incorporó al Hospital Real, con permiso del protobarberato, para reforzar el servicio de los barberos sangradores. A Simón le agradó aquel refuerzo y, estando a punto de retirarse, procuró transmitir a Manuel su saber y su experiencia de más de cuarenta años. Desde el primer día entabló un estrecho vínculo con su nuevo colega que fue más allá de lo meramente profesional; sobre todo cuando Manuel Figueroa se casó con su hija Benita y se convirtió en su yerno.

Al margen de que Simón Barreiro se sintiera feliz porque su hija se casara con un personaje de su mismo oficio, el matrimonio emparentaba a los Barreiro con los allegados del que por entonces era arzobispo de Santiago, Fray Antonio Monroy. Desde luego Cabanelas o Figueroa, como hemos dicho que le gustaba llamarse, no dejaba de alardear de su relación de parentesco con el prelado. Precisamente lo de querer apellidarse Figueroa y no Cabanelas era porque, según el mismo explicaba:

- "El abuelo del arzobispo se casó con una hermana de mi bisabuela, que se apellidaba Figueroa".

Con lo que quería demostrar que Fray Antonio, el arzobispo, era poco menos que su tío, aunque fuese de aquella manera y teniéndose que remontar varias generaciones. En su casa siempre tuvieron este parentesco en mucha consideración, su padre que era natural de un pueblo de Pontevedra, llamado Cotobade, le contaba las peripecias de sus ilustres parientes, que no dejaban de ser interesantes. Al parecer el progenitor del arzobispo, don Antonio Monroy y Figueroa, marchó a Méjico a principios de siglo donde se instaló como Gobernador de la ciudad de Santiago de Querétaro.

- "Allí nació mi tío –continuaba relatando el presunto Figueroa- el año 34 y allí tomó el hábito de Santo Domingo, después de estudiar Artes, Cánones y Teología en la Universidad de Méjico. Volvió a Europa como Procurador en Cortes de Madrid y Roma. En fin, que valía tanto que no tardaron en nombrarlo Maestro general de su Orden y, al final, arzobispo de Santiago".

A Simón Barreiro estos parentescos no le importaban demasiado, sabía perfectamente que su yerno se había trasladado a Santiago de Compostela en busca del amparo y el favor de su ilustre pariente; y que lo había conseguido: poco después de llegar a la ciudad se le concedió un puesto de barbero sangrador en el Convento de Santo Domingo. Aunque no tenía mucha experiencia en el oficio, el muchacho era habilidoso y consiguió salir adelante, con ayuda del viejo barbero sangrador al que sustituía en el convento.

La verdad era que a Simón le molestaban un poco las ínfulas de su yerno y pensaba que él no lo había tenido tan fácil, diciendo para sus adentros: "cuando llegué con mis padres a Santiago huyendo de los piratas, nadie nos dio nada hecho. Mi familia no vino buscando el amparo de ningún poderoso, llegamos casi con lo puesto y tuvimos que trabajar duro para conseguir lo que tenemos". En todo caso, estas consideraciones no suponían malquerencia hacia el marido de su hija, incluso consideraba que sus oraciones para que Benita encontrara un buen marido habían sido escuchadas: tenía como algo providencial el traslado de Manuel Cabanelas, desde el Convento de Santo Domingo al Hospital Real en 1694, que propició el casamiento. Curiosamente fue el arzobispo Monroy quien, sin pretenderlo directamente, provocó el traslado de su pariente, al ampliar las enfermerías del Hospital Real durante las pestes y hambrunas de aquellos años.

Manuel Figueroa y Benita Barreiro se casaron con toda solemnidad en la capilla del Hospital Real de Santiago de Compostela el año 1699, una mañana lluviosa del mes de abril. La llegada del nuevo siglo les trajo abundante descendencia, nada menos que nueve hijos, que darían bastante que hablar en los nuevos tiempos; sobre todo uno de ellos: Manuel Benito Ventura Figueroa, que llegó a presidir el Consejo de Castilla y a ser estrecho colaborador del rey Carlos III, además de Patriarca de las Indias.

En todo caso el bueno de Simón Barreiro no llegó a ser testigo de estos eventos, pues murió en los albores del siglo XVIII, antes de que nacieran la mayoría de sus nietos, dejando a los Barreiro asentados en Santiago de Compostela, como supervivientes de una de las épocas más difíciles de la Historia de España, la de los estertores de la Casa de Austria.

# 5. A orillas del Sar

Santa María del Sar.

A diferencia de los de Simón Barreiro y de los de su yerno Santiago Cabanelas Figueroa, los antepasados de Ángel Astray estaban afincados en tierras compostelanas desde hacía mucho tiempo; ellos decían que desde siempre. Ángel que había nacido a principios del siglo XVIII, se consideraba un hombre afortunado, vivía con su mujer Antonia Sánchez en las fértiles tierras del antiguo priorato de Santa María la Real do Sar, a las afueras de Santiago. Aunque no era rico, tenía suficiente patrimonio como para mantenerse con cierto desahogo: poseía viñas y huertas, además de otras tierras dedicadas al maíz y al trigo, que compartía con otros propietarios de la zona; también poseía ganado, que pastaba por los campos comunales y abiertos de la campiña junto al río que daba nombre al lugar.

La cercanía le permitía acudir a los mercados y ferias que se celebraban en la ciudad del Apóstol; allí se aprovisionaba de lo necesario y contrataba peones para los trabajos agrícolas. Vivía en una vieja casa de piedra construida por sus antepasados, no demasiado grande pero sólida y confortable, con un buen alpendre.

Ángel era bastante apreciado entre sus convecinos, pequeños propietarios o foreros de la antigua abadía, que también llevaban mucho tiempo asentados en aquellas tierras. De hecho, según contaba el propio

Ángel, los Astray ya andaban por aquellos lares en los tiempos del rey Alfonso VII, hacía más de quinientos años, en el siglo XII, cuando se fundó el monasterio de Santa María.

Según solía contar, poniendo mucho énfasis en su relato:
- "El mismísimo rey Alfonso VII, conocido como el emperador, confirmó en el año 1137, mediante un privilegio que se conserva en la Colegiata, la fundación de la abadía junto al río Sar para que se asentaran los agustinos. Para entonces mis antepasados, los astradi o asteridi, ya vivían junto al río y cultivaban las tierras. Algunos dicen que llegaron desde Villamayor, no lejos de Ordenes, donde todavía tenemos muchos parientes".

Desde luego Ángel no se cortaba un pelo a la hora de reseñar la antigüedad de su apellido y su arraigo en aquellas tierras; incluso afirmaba que las habían obtenido gracias a los servicios que sus antepasados prestaron al mismo Alfonso VII, cuando todavía era un pequeño príncipe y estaba bajo la tutela de los condes de Traba. Como no tenía ninguna pretensión de hidalguía ni nada parecido, aclaraba que aquellos servicios no fueron de carácter militar sino doméstico. Su abuelo le decía que una de sus tatarabuelas había sido nodriza del futuro monarca y que, en recompensa por aquellos servicios, el mismísimo rey Alfonso, ya en el trono, les habría hecho donación de las tierras donde habitaban; aunque de esto último no había constancia escrita. Por eso algunos vecinos decían que todo aquello era pura invención y que algunas de las parcelas ocupadas por los Astray no eran suyas.

Pero todo esto no era más que la habitual tensión que se vivía en las aldeas, donde las rencillas y disputas por una linde o un trozo de campo resultaban frecuentes. Un predio como el de los Astray podía levantar envidia entre los campesinos menos afortunados y provocar malquerencias bastante profundas. Sobre todo, si además de por su fortuna alguno destacaba por comportamientos o actitudes que se pudieran considerar pretenciosos.

Ángel era un hombre culto y de buen porte, que con la ayuda de su mujer Antonia procuró dar a sus hijos una educación en consonancia con la que el mismo había recibido, primero en la escuela de la Colegiata, fundada en su momento por los agustinos, y después en Santiago. Su hijo mayor Esteban, que había nacido en 1735, pudo incluso estudiar en la Universidad. Los tiempos cambiaban y cada vez eran más numerosos quienes, a pesar de no pertenecer al mundo clerical, podían realizar estudios superiores.

La Universidad de Santiago tenía por entonces más de doscientos años de historia y gracias a los aires ilustrados del siglo XVIII, comenzó a admitir alumnos de familias que pudieran costear los estudios de sus hijos. Los de leyes y medicina eran los más demandados desde que se instauraran estos grados a mediados del siglo anterior, más allá de los de cánones, filosofía y teología que seguían siendo patrimonio del ámbito eclesiástico; incluso empezaron a impartirse enseñanzas de Física y Química. Pero Ángel orientó a su hijo Esteban hacia los de derecho, pues le parecían más prácticos y adecuados para su futuro.

Al principio Esteban no estaba muy por la labor de dedicarse a los estudios y, mucho menos, a los de jurisprudencia. Como sus hermanos era feliz con la vida más o menos acomodada del medio rural y aldeano, no le hacía mucha gracia tener que dejar sus cómodos atuendos habituales para vestir de loba, manteo y bonete. Así que su padre tuvo que esforzarse bastante para que entrara en razón e intentara labrarse un porvenir más allá del ámbito aldeano. Alonso Astray no veía a su hijo Esteban dedicado exclusivamente a las labores agrícolas; a diferencia de lo que ocurría con otros de sus hermanos, su constitución física y su carácter apuntaban a otros oficios diferentes a la labranza. Así que Esteban acabó, no sin esfuerzo, aceptando estudiar derecho y tuvo que trasladarse al centro urbano, bajo la protección y tutela de algunos conocidos de su padre.

Gracias a su condición de propietario acomodado, en el ámbito rural pero no lejos de una ciudad tan importante como Compostela, Ángel Astray tenía buena relación con algunos notarios y escribanos de la ciudad. Unos y otros habían prosperado tanto, que se consideraba a las escribanías como "el negocio más lucrativo"; algunos preferían incluso el cargo de escribano al de juez, más importante, sobre todo a nivel político, pero a la postre menos beneficioso. Además, Ángel no tenía ni para él ni para sus hijos pretensiones de influencia o de poder, sino de subsistencia y prosperidad.

Entre los escribanos públicos y de número, muy numerosos, que había en Santiago, destacaban los del Ayuntamiento, encargados de dar fe pública de todas las actuaciones relacionadas con la Justicia y el Regimiento. Ese era precisamente el puesto que Ángel soñaba para su hijo Esteban; eso sí, contando con el apoyo de algunos miembros eminentes del gremio en Compostela, con los que había ido haciendo amistad. Sobre todo, con uno que se llamaba Andrés Mosquera, que prestaba precisamente sus servicios en el Concejo y a quien Ángel acudía con frecuencia; cada vez que tenía algún pleito o disputa con sus convecinos del Sar, casi siempre por temas de lindes o derechos de montes.

Cuando ya tuvieron suficiente confianza, Ángel le explicó a Andrés Mosquera las aspiraciones que tenía para su hijo. Andrés, que para entonces acaparaba varias escribanías, además de la del Ayuntamiento, era el mejor arrimo que un aspirante a escribano se podía buscar. Sobre todo, teniendo en cuenta el hecho de que se trataba de un oficio que solía pasar de padres a hijos con bastante frecuencia. Según solía afirmar el mismo Andrés: "ser hijo de escribano es tener media carrera hecha".

- "De todas formas –añadía, respondiendo a las consultas de su amigo Ángel- eso no debe desanimar a tu hijo, yo mismo me tuve que abrir camino a base de dedicación y esfuerzo. Siempre hay una puerta de entrada para quien cuente con la aptitud y pericia necesarias; si en mi mano está, en su momento ayudaré a tu hijo en todo lo que pueda. Mientras tanto que vaya preparándose, es muy importante poseer nociones de escritura notarial y estar formados jurídicamente, al menos conociendo el derecho vigente. Una ventaja importante es que se trata de uno de los pocos oficios en que los clérigos están excluidos, así se evita la competencia de mucho lechuguino pretencioso".

Esteban Astray cumplió 25 años en 1760, la edad mínima para poder ejercer de escribano público, y poco después consiguió superar el correspondiente examen en la Audiencia, como era preceptivo. Por desgracia su padre no llegó a ver cumplido lo que tanto había deseado para su hijo, pues había muerto algunos años antes.

Conseguida la licencia, Esteban tuvo que competir con la marabunta de escribanos que pululaban por Compostela, disputándose la clientela que solicitaba libremente sus servicios. Entre los primeros clientes que solicitaron los suyos, se encontraba un comerciante de lienzos llamado Nicolás Caneda. Aunque era de origen cántabro, Nicolás se habían trasladado a Compostela desde Vivero, donde se había casado con su mujer, Clara, y donde había conseguido hacer una pequeña fortuna. Al llegar a Santiago Nicolás y Clara compraron varias casas y se asentaron definitivamente en la ciudad.

La relación entre Nicolás Caneda y Esteban Astray fue más allá de los servicios de escribanía cuando Esteban se casó con una hija de Nicolás llamada María Pascuala en 1655. Se conocieron muy jóvenes, con apenas 19 años y con ocasión de las visitas ocasionales que unos y otros hacían a la casa de Andrés Mosquera.

Al margen de que, desde el principio, tanto los Astray como los

Caneda vieran con buenos ojos aquella relación, lo cierto es que Esteban y María Pascuala enseguida se enamoraron. A Ángel Astray, el padre de Esteban, mientras vivió, le interesaba tanto que su hijo llegara a ser un buen escribano, como que encontrara la persona más adecuada para contraer matrimonio y, desde luego, María Pascuala lo era. La familia Caneda, a pesar de no llevar demasiado tiempo en la ciudad, ya eran conocida y apreciada. Así que el noviazgo no solo fue bien visto sino celebrado por ambas partes; en seguida se concertó la boda. La dote de María Pascuala era muy sustanciosa, en dinero, más de 66.000 reales, enseres y ropa; además de una casa en la Rúa de Val de Deus, subiendo hacía la Azabachería, que le correspondería por herencia.

Allí nacieron los seis hijos del nuevo matrimonio, que fueron bautizados en la iglesia de San Francisco. Sin embargo, el bueno de Esteban murió muy joven, en 1767, cuando apenas había cumplido 32 años y su hijo mayor seis. María Pascuala que le sobrevivió 33 años más, pues murió en 1800, cuando tenía 65, tuvo que sacar adelante a sus hijos con ayuda de su familia, pero su vida no resultó nada fácil; incluso tuvo que hacer frente a un pleito sobre la propiedad de su propia casa, que le interpuso un médico de la Coruña llamado Fernando Ojea. Según parece el tal Ojea, que había estudiado en Santiago y habitado en el inmueble, lo cedió en determinadas condiciones al padre de María Pascuala. Sin embargo, una Real Provisión puso fin a la disputa, a favor de la viuda de Esteban Astray en 1781.

María Pascuala pudo así continuar viviendo en Santiago de

Compostela con cierto acomodo; además llegó a ver como uno de sus hijos, Matías Vicente, que durante algún tiempo administró las propiedades familiares de los Astray, se casaba algunos años después con María Benita Fernández Barreiro, descendientes de los barberos sangradores vinculados con el Hospital de Santiago desde principios del siglo XVII y emparentada con don Manuel Ventura Figueroa, uno de los colaboradores más importante del Rey Carlos III hasta su muerte en 1783.

Se da la circunstancia de que, María Benita Fernández Barreiro, además de contar con estos antecedentes familiares, también era rica por parte de su padre, Francisco Fernández Abeleda, heredero de la cuarta parte del lugar de Abeleda, en Junquera de Abía, y con muchas otras propiedades en Compostela. Desde luego, pocos partidos eran tan buenos como el suyo entre las familias acomodadas de la ciudad.

El matrimonio de Matías Vicente Astray Caneda y María Benita Fernández Barreiro, se celebró con toda solemnidad y bastante expectación, en la capilla del Hospital Real en junio de 1794. Entre los contrayentes había bastante diferencia de edad, pues él tenía 34 años y ella apenas 20; eso no fue óbice para tuvieron siete hijos, nacidos entre 1796 y 1818, cuando Matías ya tenía 58 años y Benita 43. Dos familias, la de los Barreiro y la de los Astray. afincadas en Compostela durante doscientos años, aunaban sus fortunas, por modestas que fueran, y sus propias fuerzas para garantizar la supervivencia de sus descendientes. Algunos envidiosos murmuraban que aquel era un matrimonio de conveniencia, sobre todo teniendo en cuenta la diferencia de edad de los contrayentes, una componenda bastante corriente entre las familias de aquella época, pero, como se pudo ver después, aquel enlace tuvo una larga y prospera descendencia, que mantuvo el recuerdo de sus orígenes y sus valores, aunque las circunstancia los pusieran a prueba con mayor crudeza aún que en tiempos de sus antecesores.

Capilla del Hospital Real.

# 6. De Santiago a Padrón

Padrón.

El final del reinado de Carlos IV en España, ya de por sí bastante penoso, coincidía por entonces con el inicio del proceso expansivo francés tras su famosa Revolución, que iba afectar de forma inmediata al Norte de la Península: el año 1795 el ejército revolucionario francés entraba en Vizcaya. Desde hacía tiempo llegaban a Santiago muchos sacerdotes franceses que huían de las consecuencias de la revolución.

Es verdad, que en un principio el peligro francés no era el más inmediato, el gobierno de Godoy consiguió hacer la paz con la República Francesa, a la que dio la mitad de la isla de Santo Domingo, a cambio de que dejara libres los territorios que había empezado a ocupar en el Norte de la Península. Pero en realidad fue solo una tregua, que no impidió la invasión napoleónica algunos años después; tan solo sirvió para que, mientras tanto, en vez de estar en guerra con Francia, España entrara en guerra con Inglaterra. La monarquía estaba bastante desvencijada y la gente se echaba las manos a la cabeza; además comenzaron a difundirse por la Península muchas de las ideas revolucionarias francesas, sobre todo en las ciudades y entre gente de cierta influencia.

Matías Vicente Astray Caneda y su mujer María Benita Fernández Barreiro, que como vimos se habían casado en 1794, optaron por alejarse de Santiago e irse a vivir a Iria Flavia, pequeña aldea, camino de Padrón, donde finalmente recalaron, asentándose en algunas propiedades de la familia Abeleda y a la espera de la llegada de tiempos mejores.

El acomodo de Matías Vicente y María Benita en Iria Flavia no resultó fácil: incluso tuvieron que mantener un pleito el año 1801 sobre ajuste de cuentas y pago de su alcance de algunas de sus propiedades, que el Cabildo de la Colegiata reclamaba como suyas; finalmente se consiguió llegar a un acuerdo y el matrimonio decidió acomodarse en la villa de Padrón.

En todo caso con el tiempo Matías Vicente y María Benita, junto a otros como ellos, que pudieron hacerlo, se alegraron de haber abandonado Santiago de Compostela, pues entre 1808 y 1809 la ciudad estuvo bajo la dura ocupación francesa, como tantos otros lugares de la Península Ibérica. Los que la sufrieron pasaron por muchas penalidades. Es verdad que algunos decidieron, por convicción o conveniencia, colaborar con los invasores; los famosos afrancesados que a la postre también tuvieron que pagar las consecuencias de su actitud.

Fue el caso de Predo Nicolás Astray Caneda, un hermano de Matías Vicente, que había seguido los pasos de su padre, llegando a convertirse en todo un personaje entre el notariado compostelano. Primero consiguió la escribanía de la Quintana, después la de la Universidad y, por último, la del Ayuntamiento. Sus ganancias se multiplicaron más allá de los 3000 reales que percibía como escribano. Cuando llegaron los franceses a Compostela no dudo en colaborar con ellos. En 1809, todavía en plena ocupación, intervino en un asunto un poco oscuro relacionado con la Universidad de Santiago por influencia de las autoridades francesas. Al parecer un tal Fraguío, un profesor también afrancesado, obtuvo un decreto de Pedro Nicolás Astray que le permitía no atender a sus obligaciones docentes. Este comportamiento, una vez terminada la ocupación, les costó caro a Pedro Nicolás Astray: el Procurador General solicitó la censura a todas sus escrituras y la apertura de un expediente sancionador; lo que obligó al notario colaboracionista afrancesado a exiliarse, para no volver hasta bastantes años después, durante el Trienio Constitucional, en que sus ideas liberales le permitieron convertirse en secretario del Ayuntamiento Constitucional de Santiago de Compostela.

En todo caso, para Matías Vicente Astray Caneda, al terminar la ocupación francesa, lo de su hermano resultaba ser una vergüenza, sobre todo después de la reacción patriótica que contra los invasores se extendió por toda Galicia, dando lugar a la famosa batalla de Sampayo, donde los gabachos fueron derrotados y expulsados de Galicia. El mismo presumía de haber participado en la refriega, no lejos de Pontevedra, y del entusiasmo con el que los de "la banda de Abel", como le decía su mujer, pudieron con los de "la de Caín".

Los Astray-Barreiro no habían olvidado los viejos dichos de su tatarabuela Catalina y trataban de ser consecuentes con esas ideas. Como en toda España, también en Galicia, las consecuencias de la invasión francesa fueron graves. Matías Vicente y su mujer pudieron sobrevivir en Padrón durante aquellos años tan complicados con algo más de tranquilidad. Allí nació en 1817 su hijo José Benito, el sexto de los siete que tuvieron. Se trataba de un chaval bastante espabilado y con muchas inquietudes: ya desde pequeño, acompañaba a su padre a las ferias que se celebraban en el mismo Padrón y a las que acudían gentes de toda la comarca.

Acudir a las ferias para un niño como José Benito era un acontecimiento verdaderamente divertido que nunca olvidaría: los campesinos del contorno iban vestidos de fiesta, las mujeres tocadas con sus pañuelos de vivos colores anudados en la cabeza o ceñidos al talle; los hombres con sus grandes sombreros de fieltro y trajes obscuros con la vara de guiar los bueyes en la mano.

Algunos conducían sus yuntas de bueyes y becerrillos trabadas por una cuerda de los cuernos; otros llevaban los cerdos sujetos por un cordel a una pezuña, los pobres animales no dejaban de gruñir; las gallinas amontonadas en cestas que las mozas conducían en la cabeza con admirable soltura y gallardía. Las caravanas de feriantes llenaban los caminos: carretas de maíz, de forraje, de leña, de tojo. Todo era muy pintoresco y nadie se perdía el acontecimiento, ni siquiera el párroco del lugar y otras autoridades. Los campesinos ricachones acudían montados en sus jacas; incluso algún que otro señorito. Aquello era un espectáculo y una fiesta: balidos de reses, gritos de zagales, polvareda de rebaños, rechinar de carros, algarabía confusa de conversaciones y, sobre todo, discusiones a voz en grito para ajustar el precio de una compra o de una venta. Todo giraba alrededor de un mundo campesino, donde las tareas agrícolas y ganaderas ocupaban la mayor parte del tiempo y del esfuerzo de las familias.

Sin embargo, José Benito y sus hermanos no dejaron de ir a la escuela, Matías Vicente y su mujer se preocuparon mucho de que así fuera; por suerte en Padrón no faltaban buenos maestros que enseñaban a los niños algo más que las primeras letras y la doctrina cristiana. El más famoso era por entonces Andrés Francisco Montoto, cuyas enseñanzas incluían los principios de gramática castellana y de aritmética; incluso algo de historia natural. Don Andrés como le llamaban en el pueblo era todo un personaje, llevaba tiempo dedicado a la enseñanza, pues según solía decir: "para sacar a los hombres de las malas mañas, se crea escuela para enseñar a leer, escribir, contar y demás cosas necesarias". Lo suyo era verdadera vocación: por 600 reales al año ponía todos sus afanes en desbravar chavales, en una sala habilitada al efecto por los vecinos interesados, que el mismo don Andrés había ido acondicionando con la ayuda de los padres de algunos alumnos.

La primera vez que José Benito Astray entró en la escuela de don Andrés iba un poco asustado, se sentó en un banco de madera, que le pareció un poco incómodo y duro. Don Andrés estaba sentado en un sillón algo desvencijado, junto a un tablón donde se hacían los ejercicios de aritmética y geometría; pero lo que más llamó la atención de José

Benito fue un cuadro de pesos y medidas, también algunos carteles que como pudo comprobar servían para los ejercicios de lectura. En la pared, detrás de la mesa del profesor, había un reloj de péndulo donde los alumnos aprendían las horas.

A diferencia de algunos de sus compañeros José Benito no solía faltar a la escuela, en una bolsa su madre le metía, además de la merienda, las cartillas y el catecismo del padre Astete, en el que ella misma había estudiado de pequeña. La mayoría de los niños no llevaban nada y utilizaban el material de la escuela, plumines y papel pautado. Algunas veces el maestro les ponía a hacer dibujo lineal, que para algunos era una prueba de destreza y habilidad.

Además de acudir a la escuela de don Andrés, José Benito dedicó los primeros años de su adolescencia a ayudar en las tareas y negocios familiares. La vida en Padrón y la colaboración en las tareas agrícolas le resultaban muy atractivas, pero su padre quería que regresara a Santiago, aunque fuera temporalmente, para estudiar Derecho, como habían hecho su abuelo y algunos de sus tíos. Uno de estos últimos, también de nombre José, que era juez interino de primera instancia y acabó siendo durante mucho tiempo Alcalde Mayor de Santiago, acogió a José Benito en su propia casa durante algunos años. A pesar de los episodios con Pedro Nicolás, el afrancesado, los Astray Caneda mantenían bastante influencia en el ámbito compostelano, José Benito no solo pudo estudiar, sino que en un primer momento fue nombrado secretario del ayuntamiento de Teo, cercano a Santiago, con apenas 22 años.

En todo caso, no debió ser un destino muy atractivo para José Benito lo de la secretaría de Teo, pues pidió el cese apenas unos meses después de haber tomado posesión. Sin duda, pudieron más sus deseos de volver a Padrón, que sus expectativas de escribano en el entorno compostelano. Además, allí, en Padrón, había dejado algo más que una vida campestre y familiar; desde muy pequeño se había enamorado de una moza vecina del Lestrove, prima lejana y amiga de la infancia, a la que no pudo olvidar durante su estancia en Santiago.

# 7. Por la banda de Lestrove

Cadavid.

Contiguo a Padrón, en el lugar del Lestrove, al otro lado del pequeño río Sar, vivía desde hacía tiempo otro descendiente de los Barreiro, los barberos sangradores del Hospital Real de Santiago: Esteban Giao Barreiro. Esteban estaba casado con Cayetana Luaces que poseía una importante fortuna en tierras y ganado, fruto de los bienes con que la familia de su progenitor, Gregorio Luaces, hijo del Regidor de Padrón, hubo de indemnizar a su madre, tras verse obligado a reconocer su paternidad. Cayetana había sido fruto de los amoríos ocasionales, y aunque en un primer momento la niña no fue reconocida, las autoridades obligaron tras su nacimiento a que se le diera el apellido del padre.

A pesar de sus orígenes Cayetana y su marido eran muy respetados en la zona, algunas de sus propiedades, como la finca de Cadavid, donde vivían, procedían de la generosidad, más o menos obligada, de los Luaces de Sotomayor, pertenecientes a la casa más antigua de Lestrove; incluso estaban emparentados con una de las grandes familias de Galicia, los Sarmiento. Pero Cayetana poco o nada tuvo que ver con aquella gente tan poderosa tras la muerte de su madre.

En cambio, cuando sus parientes Matías Vicente Astray Caneda y su mujer María Benita Fernández Barreiro se fueron a vivir, como ya hemos visto, desde Santiago a Iria Flavia y después a Padrón, Esteban y Cayetana no dudaron en brindarles su apoyo y su amistad. Solían reunirse en Cadavid, la finca de Lestrove, con sus hijos y otros muchos vecinos del lugar. Había una fecha muy señalada, la víspera de la fiesta del Apóstol Santiago, el 24 de julio, en que se juntaban las familias para participar con otros muchos vecinos en la romería de Santiaguiño do Monte. Todos se reunían en un pequeño promontorio rocoso, dentro mismo de la finca de Cadavid, donde según la tradición habían sido desembarcados los restos del Santiago el Mayor cuando llegaron desde Jerusalén, tras su martirio. Además de rezar y compartir la merienda, se cantaba y bailaba durante todo el día. La convivencia anudaba lazos entre los parroquianos y amistades duraderas; más de un casamiento se concertaba con ocasión de aquellos eventos, por eso las pandereteiras cantaban en plan jocoso: "non busques muller na feira nin menos na romería".

Allí, en Cadavid se conocieron José Benito Astray Fernández y Josefa, hija única de Cayetana Luaces y Esteban Giao. Desde el principio, José Benito y Josefa que apenas llevaban tres años, él había nacido en 1817 y ella en 1820, se entendieron muy bien. Aunque José Benito se tuvo que ir a estudiar a Santiago, su temprano amor por Josefa no decayó en ningún momento, avivado por las visitas veraniegas al hogar paterno y alguna que otra correspondencia ocasional, a través de amigos y parientes. A finales de 1839 José Benito que, en realidad nunca tuvo verdadera vocación de jurista o escribano, decidió volver a Padrón para contraer matrimonio con Cayetana.

El compromiso contaba con el beneplácito de las familias, siempre preocupadas por el porvenir de sus herederos. Desde luego era un enlace que beneficiaba a todos, con el valor añadido del parentesco. La boda se celebró en 1840 en la iglesia de Santa María de Dodro, donde acudían los parroquianos del Lestrove. El matrimonio tuvo nueve hijos, José Benito y Josefa, además de criar a su numerosa prole dedicaron todos sus afanes en explotar y acrecentàr su patrimonio, montes, tierras de labrantío, viñedos y ganado, que servían para el mantenimiento de la familia; además contaban con la parentela de Josefa, los Giao, asentados desde siempre en Lestrove y que formaban una verdadera *Compañia,* compartiendo las tareas agrícolas y llevando sus ganados a las ferias de Padrón. De esto último y de la mayor parte de las labores agrícolas se ocupaban los aparceros, que trabajaban para los propietarios por una parte de la producción o de los beneficios.

La mayor parte de las tierras de José Benito y Josefa se encontraban en la finca de Cadavid, en el camino entre Padrón y Dodro. Delante de la casa principal, donde nacieron y se criaron todos sus hijos, había una explanada apisonada y llana, una era donde se realizaban muchas de las tareas agrícolas: allí se cardaba el lino, se majaban las habichuelas, se limpiaban las semillas del centeno y del trigo, se desgranaba el maíz, se partía la leña, se recomponían y limpiaban los toneles y bocoyes de la bodega. En suma, allí delante de la casa se llevaba a cabo gran parte del trajín de la labranza y de la recolección.

Josefa sabía mucho de plantas medicinales, que plantaba cerca del hogar, para el uso cotidiano de la familia, como le habían enseñado su madre y su abuela; José Benito se preocupaba más del hórreo y, sobre todo, de la bodega, donde tenía sus instrumentos para destilar. Pero lo que más trabajo daba eran los establos, con sus pesebreras y camas para ganado, hechas de tojo fino, helechos o cualquier otra hierba por el estilo, que llamaban estrume. Allí se alojaban caballos y bueyes, de carne fina y estimada en todos los mercados, alimentados con el heno recogido.

Inmediato a la casa había de un cobertizo o alpendre con los aperos de labranza: hoces, bieldos, legones, azadas, látigos de majar. Y los dos útiles más importantes: el arado y el carro. Los terrenos que formaban la granja se destinaban a maíz, centeno, patatas y viñas. No faltaban cañaverales ni mimbreras, tampoco terrenos de bosque , de pinos mansos cipreses y castaños, y un poco de monte.

Las faenas agrícolas ocupaban todo el año: en enero se sembraban el centeno, las habas y los guisantes, se podaban las viñas; en febrero se sembraba lino y patatas, y se continuaba trabajando en las viñas; entre marzo y abril se sembraban hortalizas y, a mediados de mes, el maíz; en mayo se sembraban melones y sandías, se recogía el lino; en junio y julio se plantaban y recogían cebollas, ajos, almendras, avellanas, legumbres y frutas, y por San Pedro el centeno; en agosto se «rasca» las viñas y purgar los maízales; en septiembre se recogen la estruma, se sembraban habas y nabos, se recogían frutas y miel, y se preparaban las bodegas para la próxima vendimia; en octubre se recogía el vino y las manzanas de invierno, las castañas primerizas y los maíces tardíos, se hacía aguardiente, se sembraban hortalizas, y se cortaba madera, llegaban las lluvias y, según el dicho popular, «se recoge con todo en casa»; en noviembre llegaba a su apogeo la recolección de la castaña y comienza la matanza, hasta diciembre en que se remataban las faenas.

Cuando los padres de Josefa se fueron haciendo mayores, José Benito se hizo cargo de controlar y dirigir todas estas labores. Era un hombre alto y robusto, de movimientos calmosos, reflexivo y grave; enseguida se ganó el respeto de todos sus vecinos. Cuando en 1848 los de Padrón decidieron escribir a la Reina Isabel II para que pusiera remedio a los desórdenes públicos que se producían con frecuencia, fue uno de los firmantes de la misiva y sin duda redactor de la misma, gracias a su preparación y estudios que todos admiraban y respetaban.

Desde luego José Benito, tan apegado como estaba a la vida rural y campesina, procuró sin embargo que sus hijos recibieran la misma educación que él había tenido; incluso con la esperanza de que alguno fuera a estudiar a Santiago, si así lo deseaba. Para esto último la familia contaba con la ayuda de la Fundación de don Manuel Ventura Figueroa, organizada unos años antes por los sobrinos y herederos del famoso ministro y colaborador del rey Carlos III.

Desde muy pequeños tanto José Benito como Josefa habían oído hablar de este personaje, con el que los dos estaban emparentados. Se trataba, como ya sabemos, de quien llegó a ser Presidente del Consejo de Castilla y Patriarca de las Indias. Su memoria estaba muy viva entre los descendientes de los Barreiro, pues había muerto en 1783.

La madre de José Benito se lo había contado muchas veces:

Manuel Ventura Figueroa.

- "Mi bisabuelo Bartolomé Barreiro y la madre de don Manuel Ventura eran hermanos, yo no lo llegué a conocer pues murió cuando yo apenas tenía nueve años, pero mi madre Juana, tu abuela, estaba muy orgullosa de él. Fue un hombre extraordinariamente culto y bueno, muy trabajador y estudioso, hizo carrera eclesiástica y aunque no tenía título de nobleza, el rey de España apreció mucho su valía, dándole grandes responsabilidades. Se ganó una gran fortuna con su dedicación y esfuerzo, que al morir legó a sus parientes más cercanos, sus sobrinos. Para los varones que quisieran estudiar dejó dispuestas ayudas importantes; mientras que para las mujeres también dispuso que hubiera dotes para el casamiento".

El mismo José Benito habían sido admitido como beneficiario de la Fundación Figueroa en 1834, cuando solo tenía 14 años. Su mujer, Josefa Giao, fue inscrita dos años después, pues su bisabuelo Pedro

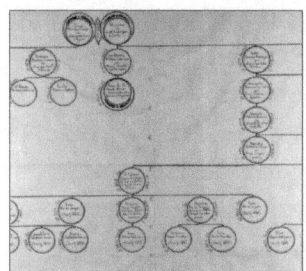

Genealogía de la Fundación Figueroa.

como el de José Benito, era hermano de la madre de don Manuel Ventura. Sus hijos también fueron admitidos e inscritos en la Fundación: los dos mayores Carmen y Salustiano, que nacieron en 1844 y 1848 respectivamente, entraron a formar parte en 1858. Gracias a eso Carmen vio incrementada su dote cuando se casó en 1866 con Joaquín Hermida Castro, fundando una extensa familia; la de los Hermida Astray.

Lo cierto es que por entonces varias familias emparentadas entre sí y con el apellido Astray, tenían bastante relevancia dentro y fuera de Galicia. Como dato anecdótico cabe reseñar que, casi por el mismo tiempo que los hijos de José Benito, en 1850, nació en Santiago Compostela José Millán Astray, abogado, funcionario y escritor; pero, sobre todo, padre del famoso general Millán Astray, también llamado José y nacido ya en La Coruña en 1879.

En 1867 un José Astray aparece como abogado en el Despacho de Caneda y Álvarez en la calle Hortaleza de Madrid. Otro Marcelino Astray y Caneda ganó oposiciones como médico para el Hospital Militar de Valladolid en 1853. También en esas fechas comenzaba su actividad como médico Benito Losada y Astray, primo de José Benito, uno de los personajes más relevantes de la medicina de aquellos tiempos.

Habían pasado cien años desde que los primeros Astray, que vivían en el Sar, comenzaron a estudiar en la universidad de Santiago de Compostela. La mayoría habían optado por el derecho y la escribanía, pero otros como acabamos de ver por la medicina. José Benito y Josefa, que contaban con los medios necesarios y la ayuda de la Fundación Figueroa, decidieron enviar a su hijo Salustiano, muy aficionado a las plantas medicinales como su madre, a estudiar a Santiago; primero el bachillerato y después, si era posible, medicina.

Santiaguiño de Monte.

# 8. Bachillerato en Compostela

Instituto Gelmírez en la Plaza de Mazarelos.

Cuando Salustiano Astray Giao salió de Lestrove en 1860 para ir a estudiar a Santiago acababa de cumplir 12 años. Sus padres le  llevaron a Padrón para que cogiera la diligencia; aunque no era la primera vez que viajaba a Compostela, nunca lo había hecho solo. Eran más de tres horas por caminos en bastante malas condiciones; a pesar de que fuese finales de verano, cuando las lluvias habían dado una tregua durante el periodo de estiaje, estaban llenos de cantos y rodelas. Llevaba un baúl muy pesado, con todo lo necesario para pasar varios meses en su nuevo destino, a sus padres les costó 30 reales el pasaje. Por suerte por ese precio viajaba en el interior y no en el cabriolé con las valijas; aún así el trayecto podía ser agotador, solo se hacía una breve parada en el Faramello. Además, para un chaval tan joven aquel viaje suponía una ruptura, con muchas incertidumbres. Al llegar a Santiago le esperaba su tía María, la hermana mayor de su padre, que tenía más de sesenta años y era viuda de Pedro Fernández Barreiro.

El caso de la tía María y Pedro Fernández Barreiro es reseñable, pues él era a su vez tío de ella, hermano de su madre y, por tanto, tío abuelo del mismo Salustiano, además de tío político, galimatías de parentesco que el pobre chaval no entendía muy bien, a pesar de que sus padres intentaran explicárselo varias veces. Lo cierto es que los Astray y los Barreiros seguían uniendo sus destinos compostelanos; incluso, como en este caso, entre tío carnal y sobrina que se llevaban 25 años. Todo esto en Santiago de Compostela había dado mucho que hablar, pues no era gente desconocida y con parentescos prohibitivos; pero los tiempos estaban cambiando y para cuando se casaron María y Pedro, en 1830, los rigores de este tipo de prohibiciones se habían ablandado mucho o ellos fueron lo suficientemente contumaces en su intento para superarlas.

En aquellos momentos a Salustiano le importaba bastante poco que su tía María fuera viuda de su tío abuelo Pedro, hermano de su abuelo, que además hacía bastantes años que había muerto, dejando a doña María en una situación económica más bien complicada. De hecho, la llegada de Salustiano fue un alivio para las arcas de la buena mujer, que vivía sola en una vieja casona, desde que su única hija Rosa se fuera a Padrón para casarse, como su madre, con un tío abuelo suyo, Ángel Astray Fernández, y ¡tío carnal de Salustiano!

Esta endogamia familiar, no resultaba tan extraña entre familias acomodadas, cuyas viviendas siempre estaban abiertas a la parentela y que, en más de un caso, daban lugar a este tipo casamientos entre familiares cercanos. La vivienda de la tía María se encontraba en el Preguntoiro, a principio de la calle, por donde se entraba en la ciudad por el camino de Órdenes, después de dejar el Hospital de San Roque, no lejos de la capilla de las ánimas, donde doña María se pasaba las horas rezando; sobre todo desde que se había quedado viuda. La casa no era muy grande, más bien angosta y estrecha, de dos pisos y guardilla, el segundo con galería. A lo más alto se subía por una escalera estrecha con tosco baluarte de palo y escalones bastante castigados, hasta llegar a una puerta que daba a lo que sería la habitación de Salustiano durante sus primeros estudios. Un camastro y una mesa, una vela de sebo y un candil de aceite, silla rustica algo apolillada, componían el mobiliario.

Al principio a Salustiano se le cayó el mundo encima, le entró una morriña tremenda de la casona grande y espaciosa del Lestrove, de los campos abiertos, huertos y praderas por los que había correteado durante su infancia con sus hermanos. Los primeros días tampoco le gustó demasiado Santiago, que le pareció una ciudad triste y aburrida. La entrada en el Instituto también resultó ser toda una experiencia, no exenta de cierto temor e incertidumbre, cuando atravesó por primera vez la puerta del gran edificio de la plaza de Mazarelos, que había sido colegio de Jesuitas. Por el corredor de la planta baja fue, junto a otros compañeros, hasta el aula que le habían asignado; algunos de esos compañeros eran de Santiago, otros como él de otros lugares de Galicia. Sus padres le dijeron que era un privilegio poder acudir a aquel Instituto, que solo llevaba funcionando algunos años, desde que la ley Pidal de 1845 propiciara su fundación. Allí hizo sus primeras amistades, entre ellas la de un tal Pascual López, otro desarraigado del rural, enviado por sus padres a estudiar a Santiago. Menos conformista que Salustiano no hacía más que quejarse, de la comida de la pensión donde vivía, de lo aburrido que era la ciudad y mucho más los estudios.

En realidad, no era más que un vago y un melancolías, niño de papa que había vivido en la abundancia, hasta que sus progenitores decidieron que se hiciera hombre de provecho estudiando, ya que "la cava, la siembra y la siega", como el mismo decía, no entraba en sus prioridades. Salustiano le tomó algo de aprecio, estudiaron juntos el bachillerato y los primeros cursos de medicina; pero acabaron distanciándose, pues el caletre de Pascual no estaba muy bien amueblado y su vida no era la más recomendable para un estudiante de medicina. Con el tiempo las andanzas de este curioso personaje fueron recogidas en una novela por una famosa escritora, que Salustiano llegó a conocer siendo ya médico de Lestrove.

Entre tanto, al margen de estas aventuras, el primer año de bachillerato Salustiano tuvo que estudiar gramática castellana y latina, religión y moral, dibujo lineal y escritura y lectura. Aunque había asistido junto a sus hermanos a la escuela de primeras letras en Padrón, le costó un poco adaptarse a las nuevas exigencias. Por suerte, salvo a las clases de gramática, aquel primer año bastaba con asistir para superar las asignaturas. Lo cierto es que durante los seis años que duraban los estudios de bachillerato, sus notas no fueron muy brillantes, no pasando de mediano y algún que otro aprobado.

En segundo y en tercero tuvo que apechugar de nuevo con la gramática latina y castellana, más principios de aritmética y nociones de geografía, que fue superando siempre en las convocatorias ordinarias, salvo el álgebra de tercero, que hubo de aprobar en la extraordinaria; en cambio lo que más le gustó fue la lengua francesa.

Durante los cursos siguientes, cuarto y quinto, aunque no le desagradaban las lenguas, los continuos ejercicios y traducciones de latín y griego, bajo la batuta de un profesor llamado Dopico, más conocido como el Cicerón del Milladoiro, llegaron a ser una pesadilla, se trataba de un obseso del ablativo absoluto; casi eran un alivio las horas dedicadas al dibujo lineal y a las nociones de Historia General. Otra fuente de amargura fueron la Geometría y la Trigonometría de Cuarto, apenas compensada por las clases de Retórica y Poética. El verano del 65, cuando Salustiano fue a pasarlo en el Lestrove parecía muy desanimado, todavía le quedaba un año y ni siquiera estaba seguro de si continuaría estudios en la universidad, todo se le hacía cuesta arriba. Además, a esas alturas no quería seguir viviendo en la casa de su tía María que era una vieja un poco pesada y controladora, Salustiano tenía ya diecisiete años y una vida social en Santiago que requerían ciertas libertades.

Sus padres le buscaron una pensión y le animaron a seguir estudiando, con la promesa de apoyarle durante el tiempo que fuera necesario. Su madre sobre todo le aconsejaba que no se desanimara, un año más y se metería en medicina, donde todo sería muy distinto. Más práctico y experimental, el griego quedaría para el nombre de algunas enfermedades y los latinajos para los eruditos. Su padre con un sentido más práctico y pensando en su porvenir le repetía que el esfuerzo tendría su recompensa, pues si llegaba a licenciarse en Medicina podría volver a Lestrove, que desde 1839 pertenecía a un nuevo municipio, separado del de Padrón, el de Dodro que incluía las parroquias de Santa María de

Dodro, San Julián de Laíño e San Juan de Laíño, en cuya Junta de Sanidad y Beneficencia los Astray y los Barreiro tenían peso y mucha influencia.

-"Además -insistía Matías Vicente a su hijo- la necesidad de médicos con tantas epidemias es cada vez más urgente en lugares como el nuestro. El mismo alcalde me ha comentado que si alguno de mis hijos estudiaba medicina sería bien venido, pues no creas que hay tantos candidatos para el puesto. No sabes la alegría que tendría de verte convertido en un galeno, atendiendo a nuestros paisanos".

Salustiano era consciente de las expectativas que la familia había puesto en sus estudios; mientras hacia los cuatro primeros años de bachillerato en Santiago, habían nacido los dos últimos de sus seis hermanos, Manuel y Abelardo, a los que llevaba 12 y 16 años de diferencia, respectivamente. El otro varón, al que sacaba 10, también era muy joven, en 1864 apenas tenía 6 años, y su hermana Avelina 9. Camila andaba por los 14 y tan solo Carmen era mayor que Salustiano, ya tenía 18.

Carmen y Salustiano se llevaban bastante bien, ella ya era un pilar en la casa de Lestrove, la principal ayuda de su madre. Y fue ella la que acabó de convencer a su hermano para que perseverara en los estudios y la que más le animó cada verano para que se esforzara por terminarlos.

El quinto y último curso de bachillerato no se le hizo tan cuesta arriba a Salustiano, sobre todo por las nociones de Historia Natural. Es verdad que también tuvo que estudiar elementos de física y química, pero de manera muy superficial. La psicología, la lógica y la filosofía moral, que formaban un paquete según las tendencias de la época, resultaron un galimatías que no acabó en tragedia gracias a la bonhomía del profesor. Con un aprobado Salustiano pudo completar los ejercicios del grado de Bachiller y Artes, ante un tribunal que presidía el terrible Manuel Ulla Ibarzábal, titular de la cátedra de matemáticas del Instituto y de la universidad compostelana, hombre tan sabio como exigente, artífice de la ley del paralelogramo, que según los compañeros de pensión de Salustiano tenía que ver con la cuadratura del círculo.

Los ejercicios para obtener el grado de bachiller no eran ninguna broma, había que hacer tres ante un tribunal, el de Ibarzábal fue el tercero al que Salustiano se tuvo que enfrentar el 31 de enero, 1 y 2 de febrero de 1867. Su padre apoquinó 200 reales y le dieron el grado que le permitía iniciar sus estudios de medicina en la universidad.

En realidad, para esas fechas invernales, desde septiembre de 1866, Salustiano ya estaba cursando las primeras asignaturas de medicina, con permiso del señor Rector, Juan José Viñas, que permitía adelantar la incorporación a la Facultad a quienes tuvieran pendientes el examen de grado de bachiller, a expensas de que finalmente lo aprobaran, como fue su caso. Don Ramón Pereiro y Rey catedrático y secretario del Instituto de segunda enseñanza de Santiago de Compostela, cursó extenso informe sobre los estudios realizados por

Salustiano entre 1860 y 1866, lo que efectivamente le permitió adelantar el inicio de los de medicina.

Según la *Ley General de Instrucción Pública* de 1857, también conocida como ley Moyano, dentro de las asignaturas correspondientes al primer año, los estudiantes de medicina tenían que cursar Física experimental y Química, además de Mineralogía, en la Facultad de Ciencias. Salustiano tuvo que pasarse días y noches de estudio a la luz del candil y de la vela de sebo, a la espera de que las ecuaciones de Maxwell y el electromagnetismo propiciaran mejor iluminación. En todo caso, aquello resultó como una prolongación del bachillerato, que le ocupó casi todo el curso 66-67 con poca satisfacción y la calificación de mediano; menos mal que aprovechando la posibilidad existente de combinar asignaturas de distintos cursos, pudo también cursar, y en la misma facultad de Ciencias, Zoología y Botánica, teóricamente de segundo año, consiguiendo una buena calificación.

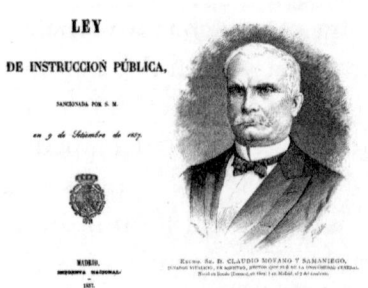

# 9. La Facultad de Medicina

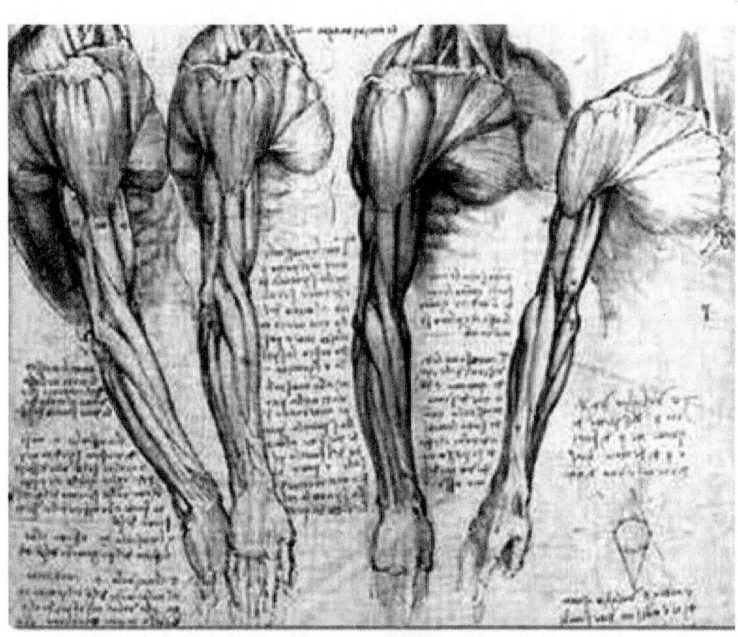

Fue en noviembre de 1867 cuando Salustiano Astray pisó por fin la Facultad de Medicina en el edificio de Fonseca para estudiar Anatomía y Disección. Como eran más de doscientos alumnos las disecciones se hacían por grupos, se realizaban entre los meses de noviembre y abril, acudiendo a las salas habilitadas para este cometido al Hospital Real, atravesando toda la plaza del Obradoiro. Allí los futuros médicos experimentaban las primeras sensaciones de lo que habría de ser su profesión. Entre mayo y el fin de curso se hacían los estudios de Anatomía, con cadáveres en el mismo hospital, en lo que llamaban el anfiteatro anatómico; donde además existían varias colecciones donadas a la universidad por algunos de los más prestigiosos profesores. Estas prácticas resultaron para Salustiano una experiencia importante para lo que ya definitivamente iba a ser su futuro.

Por aquellas fechas la universidad y en general toda la sociedad española era un hervidero de inquietudes políticas, todavía sonaban los ecos de la noche de San Daniel o Noche del Matadero, cuando en 10 de abril de 1865, la Guardia Civil, unidades de Infantería y de Caballería del ejército español, reprimieron de forma sangrienta a los estudiantes de la Universidad Central de Madrid que realizaban una serenata en la Puerta del Sol de apoyo a su rector que había sido depuesto por el partido moderado de Narváez. Los ataques de personajes como Castelar a Isabel

II eran el problema de fondo: en setiembre de 1868 cuando Salustiano iba a empezar su tercer año de estudios de medicina estalló la Revolución, conocida como la gloriosa, que acabó con la expulsión de la reina.

Catedrático de Medina y de tendencias progresistas José Montero Ríos fue nombrado nuevo Rector de la Universidad de Santiago. El Claustro de la Facultad de Medicina, a instancias del presidente de la Junta Revolucionaria de Santiago, se adhirió al *"glorioso y regenerador movimiento político"* que acababa de llevarse a cabo en España. Salustiano se enteraba de todos estos acontecimientos por algunos diarios, como *La Opinión Pública*, *El clamor de Galicia* o *La Joven Galicia* casi todos progresistas; sin embargo, sus preocupaciones más inmediatas se concentraban en los estudios y en sacar unas cuantas asignaturas cada curso académico.

El del 68-69, además de continuar con las disecciones, aprobó la Fisiología; pero tuvo que solicitar exámenes en septiembre para superar Higiene Privada que había suspendido en junio; mientras que la Patología General le quedó pendiente para el curso siguiente. El catedrático de Patología, Maximiliano Teijeiro, acababa de llegar a la facultad y se mostraba muy exigente, como abanderado de la nueva mentalidad, acorde con las corrientes positivistas del momento.

La verdad es que las "patologías" y el doctor Teijeiro se convirtieron en una verdadera pesadilla para Salustiano. En julio de 1869 y al tercer intento, aprobó la Patología General; pero no ocurrió lo mismo con la Quirúrgica y la Médica, que le llevaron dos años más y varias convocatorias.

Hay que reconocer que no eran tiempos fáciles ni el ambiente era propicio para los estudiantes, muy agitados con las novedades políticas: a Salustiano que tenía 22 años le afectó de lleno la ley relativa al reemplazo y organización del Ejército de 1870, que hacía obligatorio el servicio militar para todos los españoles mayores de 20 años, con un período de servicio de seis. Por suerte pudo evitar el servicio activo, al ser excluido por sorteo de entre los de su quinta; pasando a la reserva, pero pendiente de cualquier contingencia que pudiera obligarle a acudir al servicio de armas.

La agitación política no solo no disminuyó, sino que fue en aumento, el fracaso de intento de restauración monárquica en Amadeo I de Saboya, que abdicó en 1873, terminó con la llegada de la Primera República. La sociedad vivía en un permanente estado de ansiedad, Salustiano seguía inscrito en la reserva militar del Ayuntamiento de Dodro en septiembre de 1874, como tuvo que certificar a solicitud de la propia universidad. Por suerte, y a pesar de que la tercera guerra carlista estaba en pleno desarrollo, Salustiano tampoco entonces tuvo que interrumpir los estudios, y menos cuando en diciembre de aquel mismo año el pronunciamiento del General Martínez Campos puso fin a la Primera República.

Salustiano siempre recordó aquellos años convulsos que terminaron con la restauración de la dinastía borbónica en España, a finales de 1874, como los más difíciles de su carrera. Entre el 70 y el 71 apenas pudo aprobar dos asignaturas: Terapéutica y Obstetricia y en junio de 1872 examinarse de las materias de Patología que venía arrastrando. Era su sexto curso y todavía le quedaba ocho asignaturas para poder obtener el título de "médico cirujano habilitado", un Grado previo a los de Licenciado y Doctor que requerían varios años más.

En 1873, a las dificultades académicas y sociales, se añadió un suceso que estuvo a punto de dar al traste con la carrera de Salustiano: la muerte de su padre, José Benito. Sus hermanas mayores Carmen y Camila ya se habían casado y, aunque vivían entre Dodro y Padrón, tenían que cuidar de sus propias familias. Su madre quedaba en Lestrove con cuatro hijos menores, solo Avelina que iba a cumplir los 18 años podía ayudar en una situación bastante difícil y complicada. Salustiano tuvo que compaginar la ayuda en casa con los estudios, en detrimento de estos últimos: hasta 1875 prácticamente no pudo volver a examinarse con éxito de ninguna asignatura.

En junio de 1873, tras la muerte de su padre, al que fueron a enterrar a su parroquia de origen, Santa María de Bea, Salustiano se reincorporó por un tiempo a la vida familiar en Lestrove, con su madre y sus hermanos más pequeños. Su hermana mayor Carmen se había casado con uno de sus mejores amigos, Benito Hermida. El matrimonio ya tenía tres hijos, el más pequeño acababa de nacer y pidieron a

Salustiano que fuera su padrino; le pusieron de nombre Erminio. Los Hermida no vivían lejos de Cadavid, en la calle que llamaban "rúa do medio", frente al lavadero. Por desgracia su ahijado Erminio murió a los dos años de nacer, pues no pudo sobrevivir a una de las frecuentes epidemias de tifus. Salustiano, además de a los asuntos familiares, durante sus estancias en Dodro, lejos de Santiago, pudo dedicarse a una de sus grandes aficiones: la cría de gusanos de seda; incluso participó en la Exposición Regional de Galicia de 1875 de adelantos industriales, con un cuadro de capullos, mariposas, sedas, hiladas y semillas que, según la revista El Porvenir de la Industria, mereció la medalla de plata.

Por entonces y con el apoyo familiar necesario, Salustiano pudo volver a retomar de lleno los estudios de medicina en Santiago, a fin de terminar cuanto antes y volver a Lestrove con el título de "médico cirujano". El mayor reto a que se tenía que enfrentar Salustiano en 1875 desde el punto de vista académico, eran las cuatro asignaturas de Clínica: dos médicas; dos quirúrgicas y la de obstetricia. Asignaturas muy prácticas, cuyo desarrollo dependía mucho de la colaboración entre la Facultad y el Gran Hospital de los Reyes Católicos, que facilitaba espacios para la docencia y el acceso a los pacientes, con las dificultades que planteaba el aumento del alumnado en los últimos años. Solamente a partir del curso 75-76, el curso en que Salustiano comenzó a dar el último impulso a su carrera, los alumnos empezaron a bajar de número y las prácticas clínicas fueron más asequibles.

Quienes arrastraban asignaturas de cursos anteriores, tenían que solicitar al Rector fecha y hora para cada uno de los exámenes que deseaban realizar. Entre 1875 y 1877 Salustiano además de las cinco "clínicas", se examinó y aprobó de Anatomía Quirúrgica, Medicina Legal e Higiene Pública. Por fin podía enfrentarse a los ejercicios de Grado que le habilitarían para el ejercicio profesional, como licenciado en medicina. Los días señalados por el decano de la facultad, José Andrey, fueron el 25 de junio de 1877 para el primer ejercicio y 26 para el segundo. A los efectos se nombró un tribunal presidido por el doctor Maximiliano Tejeiro, el catedrático de Patología, Ramón Varela de la Iglesia, de Fisiología y Luis Rodríguez Seoane, de Terapéutica, que actuaría de secretario. Todo un plantel de prohombres de la universidad compostelana que amedrantaría a cualquiera. Sin embargo, Salustiano salió bien parado de aquellos ejercicios, consiguiendo un aprobado.

Ni que decir tiene lo que significaba la superación de este trámite final después de tantos años de estudio, sobre todo la posibilidad de volver a Lestrove como médico cirujano.

# 10. El médico de Dodro

Capilla de San Andrés.

Desde mediados del siglo XVIII, todo ayuntamiento que se preciara contaba entre sus funcionarios con un médico encargado de asistir a los vecinos enfermos. Dodro se había constituido en municipio en 1836, pues antes estaba unido a Padrón. Es verdad que hubo intentos de revertir esa situación, pero había conseguido mantenerse independiente, con el apoyo de las familias más influyentes de Lestrove y de Laíño: los Hermida, Barreiro, Luaces, Giao y, desde su llegada, también la de los Astray. No resulta extraño que Salustiano, al terminar sus estudios y con su título de facultativo, recién emitido por el gobierno en agosto de 1877, fuera propuesto y elegido por el alcalde de Dodro, con el apoyo de los vecinos, para ocupar el puesto de médico titular.

Salustiano no pudo dejar de pensar en aquellos momentos en su padre, que tantas ilusiones había puesto en que llegara ese momento, sin poder llegar a verlo realizado. Durante un año y mientras iba haciéndose cargo de su nuevo oficio, se instaló en el antiguo caserón de Cadavid, junto a su madre y sus hermanos más pequeños; pero en 1878, al año siguiente de licenciarse, anunció su boda con una chica que había conocido en Santiago y de la que estaba muy enamorado. Se llamaba Josefa y pertenecía a la parroquia de San Fructuoso, a la que sus padres Juan Martínez Ferro y Jacoba Martínez Botana se habían incorporado unos años antes. Se trataba de gente del entorno compostelano: Juan, el padre de la novia, procedía de Santa María de Loxo, a dos leguas de Santiago, y Jacoba, la madre, era de una pequeña aldea en dirección a Sigüeiro, apenas a una legua. En Santiago los padres de Josefa tenían un pequeño comercio de telas, ubicado no lejos de la Capilla de las Ánimas de Abajo, que suministraba telas y paños al Hospital Real. Josefa ayudaba a sus padres e incluso realizaba algunos cometidos en el mismo Hospital, donde conoció a Salustiano.

Salustiano Astray y Josefa Martínez.

La boda entre Josefa y Salustiano se celebró en la capilla de San Andrés de la Catedral de Santiago, donde por entonces tenía su sede la parroquia de San Fructuoso, a falta de una propia. De vuelta a Dodro, ya casado, Salustiano reanudó su cometido como médico cirujano, que había iniciado el año anterior. No eran pocos los pacientes que tenía que atender, más de tres mil en todo el municipio, empezando por el medio millar que vivían en el entorno de Lestrove. Todos ellos lo consideraban su médico de cabecera y su disponibilidad era casi permanente, de día y de noche. Tenía su consulta privada; pero lo que más tiempo le llevaba eran las visitas domiciliarias: cuando le avisaban de que un paciente requería sus servicios, acudía a su domicilio a caballo y provisto de su cabás negro de cuero, donde llevaba los instrumentos necesarios: fonendoscopio, el termómetro de mercurio, el esfigmomanómetro para medir la tensión arterial, el estetoscopio de Pinard y el martillo de reflejos. También llevaba jeringas de vidrio con agujas hipodérmicas grandes y pequeñas en cajas metálicas y, para las curas, algodón, esparadrapo, vendajes, gasas y hasta un torniquete; en caso necesario se incluía instrumental para pequeñas intervenciones quirúrgicas, además de antisépticos, anestésicos y calmantes.

Salustiano tenía que agenciarse todo este equipamiento, con ayuda ocasional de la corporación municipal y, sobre todo, de la Junta

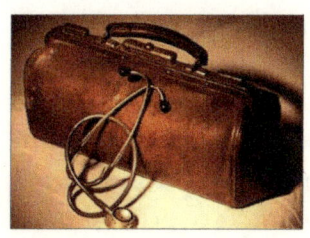

de Sanidad de la provincia de La Coruña, que lo hacía llegar a las juntas de sanidad y beneficencia locales. Pero su dedicación y esfuerzo eran su principal activo, pues por lo general los medios eran muy precarios, teniendo que atender por igual a pobres y a ricos. Como médico rural Salustiano estaba siempre en contacto con los más desfavorecidos, carentes de todo, yendo incluso más allá de lo que era la Beneficencia Municipal, sin cobrar por sus servicios.

Su primer paciente había sido un niño de una familia muy pobre, que vivía en una pequeña casucha de la parte alta del Camino del Lavadero de Lestrove. Desde hacía días tenía fiebres muy altas, que Salustiano diagnosticó como tifoideas, las mismas que dos años antes provocaron la muerte de su ahijado Erminio, hijo de su hermana Carmen. A pesar de la frecuencia de la enfermedad, este tipo de casos no tenían mucho remedio, solo paliativos y confiar en la fortaleza del paciente, que podía pasar más de cuarenta días en una situación muy precaria. Según dijo a la familia solo cabía lavarle, alimentarle y esperar. Por suerte en este caso el paciente sobrevivió a la prueba, aunque cuando se le pasaron las fiebres quedó agotado y raquítico.

No fue el único caso de tifus aquel primer año de Salustiano como médico en Lestrove, que sin llegar a pandemia fue especialmente malo. Tampoco el tifus era la única enfermedad infecciosa a la que tuvo que enfrentarse Salustiano: también hacían estragos la gripe, la varicela, la difteria, la meningitis, la tuberculosis, la malaria, y el tétanos. Diagnosticar y prevenir era el principal cometido, dando cuenta de todos los casos a la Juntas Municipal de Sanidad y Beneficencia, que componían el alcalde como presidente, el mismo Salustiano como médico y algunos vecinos importantes; incluido el cura párroco de Santa María de Dodro, que por entonces era el Licenciado don Manuel Trasmonte, hombre sabio y prudente con quien Salustiano se entendió bastante bien. A falta de farmacéutico la Junta contaba con el de Padrón, encargado además del análisis de las muestras que se tomaban a los pacientes.

La Junta de Sanidad se reunía periódicamente, una vez al mes o cuando se consideraba necesario, Salustiano y los demás facultativos asistentes informaban del número de casos y la evolución de los enfermos, con otros muchos pormenores relacionados con su trabajo. La Junta trataba de poner remedio a los problemas más graves relacionados con la salud pública y se tomaban medidas higiénicas para la prevención de contagios, tales como la vigilancia y limpieza de aguas públicas, de los lavaderos, de los cementerios, de las alcantarillas, de las letrinas, los excusados y los vertederos. Salustiano conocía las doctrinas higienistas de la época; sobre todo las de Monlau y Salarich. Muchas veces insistió en que se imprimieran algunas «cartillas higiénicas populares» con recomendaciones sanitarias, como se hacía en otros municipios, aunque sin demasiado éxito.

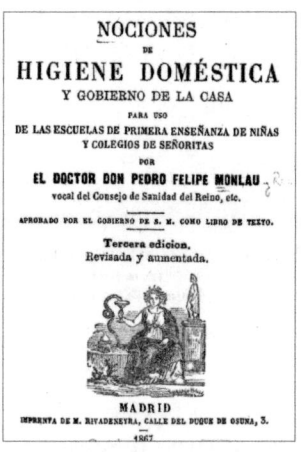

En ocasiones muy graves como en las epidemias de cólera, en que los enfermos se veían aquejados de vómitos y diarreas muy fuertes, hasta la deshidratación, se establecían cordones sanitarios, se organizaban lazaretos y se realizaban fumigaciones. Salustiano se quejaba en la Junta de lo poco eficaces que resultaban esos cordones sanitarios, destinados a limitar el tránsito de personas y mercancías, pues los afectados no estaban dispuestos a parar sus actividades. Así no había manera de que se dejaran de infectar aguas y alimentos. Por suerte el cólera como epidemia casi endémica fue remitiendo a partir de 1885, después de que doctor Robert Koch descubrió el bacilo causante de la enfermedad en las heces de los pacientes.

Más allá de la prevención y el diagnostico los remedios para muchos casos eran casi nulos, así ocurría con la rabia que hacía estragos como consecuencia de las mordeduras de los perros infectados. Por suerte a lo largo de sus más de treinta años de ejercicio como médico rural Salustiano pudo asistir al desarrollo de la farmacopea, sobre todo remedios para procesos infecciosos y analgésicos. Se había superado la creencia de que la transmisión de las enfermedades se debía a los aires malévolos que desequilibraban los cuatro «humores»: bilis negra, sangre, flema y bilis amarilla. Aunque se seguían utilizando cataplasmas y purgantes, ya no se consideraba a las sangrías como el principal remedio; se había ido abandonando terapias antiguas, como el uso de sanguijuelas, ventosas y cataplasmas.

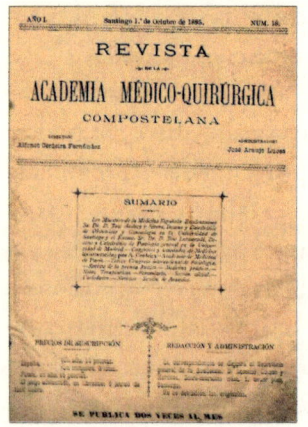

Es verdad que el tipo de medicina que Salustiano podía desarrollar tenía muchas limitaciones, basada en normas tan elementales como una buena alimentación y el reposo, además de observar y esperar. Sin embargo, siempre buscó nuevos remedios para sus pacientes, como la sueroterapia, eficaz especialmente en la difteria y el tétanos. El primer fármaco sintético fue la acetofenidina, comercializada en 1885 como analgésico por la empresa Bayer, bajo la marca Phenacetin. De uso común era la morfina inyectable que se usaba, cuando se disponía, como analgésico, antitusivo, antidiarreico e incluso en problemas respiratorios. Salustiano seguía estos avances por algunas publicaciones, como la Revista de la Academia Médico-Quirúrgica de Compostela, que le llegaba desde Santiago. También eran importantes los avances en microbiología, aunque todavía muy remotas las posibilidades de que sus pacientes pudieran beneficiarse de estos avances.

Muchos de estos pacientes seguían confiando más en los remedios que les podían dar las comadres, los sanadores y curanderos. Así ocurría con las lesiones musculares y dislocaciones de hueso, pues había verdaderos expertos en arreglar este tipo de entuertos, sin haber hecho ningún tipo de estudios. También era muy habitual acudir a negrumantes y vedoiros para que curasen enfermedades atribuidas a los malos aires de animales muertos, como la tisis pulmonar, la gastroenteritis crónica o la atrepsia infantil. Estos personajes utilizaban al mismo tiempo prácticas supersticiosas y remedios tradicionales.

Como le explicaba uno de ellos a Salustiano: "la receta contra el mal de aire es bastante sencilla: el paciente es sahumado durante una semana con hierbas olorosas, rociadas de agua bendita: las cenizas de estas hierbas se conservan cuidadosamente y son depositadas en el camino del cementerio sobre una piedra, en la cual se forma una cruz con palos. De espaldas a las cenizas, se formula este conjuro: "envidia traio, mal feíto vendo; aquí te deixo é voume correndo". No faltaban recetas y prácticas similares para curar otros males atribuidos al mal de ojo.

Para Salustiano todo esto era un quebradero de cabeza e insistía en que en muchos casos era peor el remedio que la enfermedad.

También tuvo que enfrentarse al intrusismo de veterinarios, una profesión en pleno desarrollo. La actitud de Salustiano ante estos problemas no era compartida por todos sus colegas, algunos eran ya muy ancianos y estaban anclados en métodos muy antiguos; sobre todo los que tenían que hacer servicio en aldeas remotas: el ejercicio de la medicina estaba condicionada por la pobreza y por las comunicaciones.

A veces, sobre todo ante una urgencia, las tareas requerían habilidades quirúrgicas o ginecológicas: suturar heridas, prestar primeros auxilios a descalabrados, retener hemorragias mediante emplastos, realizar torniquetes, entablillar extremidades, liberar la presión de fluidos y gases mediante el trocar y, por supuesto, atender a partos. Situaciones que requerían mucha serenidad de ánimo, con la asepsia necesaria pero no siempre posible y en ambientes crispados por el sufrimiento. En algunos casos, lo más que podía hacer era aconsejar que se avisara al cura para sacramentar al doliente. No faltaban patologías cardiovasculares, neoplasias, enteritis, cólicos, pulmonías, neumonías… A todas partes acudía Salustiano montado a caballo y embozado en su capa, durante los días más duros del invierno.

Como médico titular Salustiano también colaboraba con las autoridades judiciales, y podía hacer cometidos de médico forense. Lo más triste era tener que certificar muertes por hambre o abandono en lugares más o menos recónditos, castigados por las grandes carestías que se producían periódicamente. No faltaban muertes violentas o delitos de sangre de los que, por supuesto, tenía que dar parte; además de atender a los afectados. También en sus manos estaba el posible traslado de los enfermos a Santiago, para tratar enfermedades crónicas o recaídas; incluidos los locos y demenciados.

El ayuntamiento de Dodro asignaba al médico titular un sueldo, no demasiado sustancioso, comparado con el de otros funcionarios. Los ingresos más importantes los recibía Salustiano de los propios pacientes, en metálico o en especie. Otra vía de financiación eran las «igualas», un contrato de prestación de servicios a gremialistas, en el que aportaban todos por «igual». El término «iguala» ha perdurado hasta épocas recientes.

La iguala rural ligaba al médico con las familias que lo suscribían, y garantizaba así la atención sanitaria a los que la pudieran necesitar. No obstante, no era el sistema óptimo para médicos, que tenían que atender muchos y alejados hogares, ni era óptimo para el paciente, pues muchas prestaciones no estaban incluidas. La cuota solía ser anual, en moneda o en especie. Dada su escasa liquidez, el campesinado pagaba casi forzosamente en especie: una cantidad estipulada de cereales. El campesino solía ser buen pagador, aunque con retraso en muchas ocasiones; el «mal pagador» más bien se correspondía con ciertos «ciudadanos pudientes» que negaban el pago alegando ineficacia o incumplimiento.

También había pacientes que teniendo mucha relevancia social andaban muy escasos de recursos, procedentes de una hidalguía venida a menos. Era el caso de don José de la Hermida y Pazos de Bordén, republicano y librepensador, propietario del pazo de Lestrove, a quien llamaban cariñosamente "don Pepito". Durante años había frecuentado salones y tertulias por España adelante, pero después del desastre de la Gloriosa, volvió a su viejo hogar, unas torres medio arruinadas y en un estado bastante lamentable. Salustiano que le tenía que atender con frecuencia de sus múltiples achaques, sobre todo de artritis crónica, le tenía respeto y cariño; al margen de su extravagancia, se trataba de un hombre culto y educado, de muy buena presencia. Había sido amigo de pintores, poetas, filósofos e, incluso, de banqueros; por lo general se trataba de un personaje apreciado, incluso por gentes opuestas a su forma de pensar y a sus planteamientos políticos.

El Pazo de Hermida siempre estaba abierto a todo el mundo, parientes y conocidos, entre ellos la prima de don José, Rosalía de Castro, que se había refugiado allí en distintas ocasiones. De hecho, en ese lugar nacieron sus hijos mellizos Ovidio y Gala y allí vivió de forma casi permanente hasta 1881, cuando escribió parte de sus *Follas Novas*, entre otros poémas. Salustiano además de atender a toda la familia, asistió a varias de las sesiones poéticas que por entonces de celebraban. La huella de Lestrove es visible en algunos poemas Rosalía:

"Como chove mihudiño,
 Como mihudiño chove,
 Como chove mihudiño,
 Pó-la banda de Laiño,
 Pó-la banda de Lestrobe.».

El de Hermida no era el único pazo que había en el término municipal de Dodro, no lejos estaba el de Tarrio en San Juan de Liaño, pero vacío y medio en ruinas pues sus propietarios, la familia Ballesteros, no podía mantenerlo; además tenían un pleito con la mitra compostelana por su posesión, que les estaba saliendo muy caro. Al margen de estos hidalgos venidos a menos, la mayor parte de los feligreses de Santa María

Pazo de Hermida.

de Dodro y de San Juan de Laiño eran aldeanos, por lo general gente humilde y sin demasiada cultura, que vivían más o menos desperdigados cultivando algunas leiras de su propiedad o trabajando en fincas ajenas. Las casas de los campesinos por lo general eran bastante pobres, la mayoría con suelo de tierra, algunas con una estancia superior, a la que se subía por una escalera de madera; abajo las cuadras para el ganado, si era el caso, dando calor a las estancias superiores. La familia se reunía en torno al lar o chimenea, a veces podían contar con horno y artesa, mesa rustica y bancos de madera, algún que otro taburete como mobiliario; además de los camastros con lecho de tablas.

Hasta esos hogares iba Salustiano a atender a viejos y ancianos, mujeres parturientas o niños, los más vulnerables. Con frecuencia ponía emplastos, reducía luxaciones, arreglaba tendones, reducía huesos dislocados, sacaba un lobanillo e, incluso, extirpaba sarcomas. A veces lo único que podía llevar era consuelo; incluso algo de alimento, la mejor medicina. Junto con el de sacerdote, el oficio de médico era el que llegaba hasta los lugares más recónditos de la aldea. Muchas veces volvía a la casa de Cadavid agotado.

Allí, en Cadavid, nacieron sus tres hijos, Juan José, Camila y Santiago; entre 1878 y 1882. Cuando los niños tuvieron cierta edad, toda la familia se fue a vivir a una buena casa, de dos pisos, a la vera del camino que atravesaba Lestrove, a la altura de la corredoira que llamaban "de en medio", situada junto a la que ya vivían los Astray Hermida. Juan José y Santiago fueron a la escuela parroquial y luego a Padrón, pues su padre tenía empeño en que, en su momento, se fueran a hacer el Bachillerato a Santiago, como había hecho él. Así ocurrió y ambos pudieron hacer estudios universitarios, Juan José medicina y Santiago Farmacia. Catalina también se fue a vivir a Compostela donde se casó, en 1902, con Eloy Artime, un joven nacido en Padrón un poco mayor que ella, que había quedado huérfano y se había empleado como dependiente de tienda en Santiago.

Salustiano vio marchar a sus hijos de la casa de Lestrove, donde continuó ejerciendo de médico hasta su muerte accidental, una caída de caballo en 1910, cuando se dirigía a atender a un paciente. Tuvo un funeral solemne en la iglesia del Lestrove, donde llevaba más de treinta años de médico, siendo muy querido y respetado. A las honras fúnebres asistieron "diez señores sacerdotes y tres monaguillos", según el párroco de Santa María de Dodro.

# 11. O rapaciño

Parque de La Alameda en Santiago de Compostela.

Santiago Astray Martínez, el tercer y último hijo de Salustiano Astray y Josefa Martínez, había nacido como ya dijimos en Dodro en el lugar de Cadavid, el primero de agosto de 1882 a las doce de la mañana y fue bautizado, al día siguiente en la parroquia de Santa María, por el licenciado don Manuel Trasmonte, siendo su padrino su abuelo materno Juan Martínez Ferro. Como sus hermanos pasó su infancia en Lestrove, inmerso en la vida rural y campesina en que habían vivido todos sus antepasados. Nunca olvidó aquellos años y aquellos lugares de los que acabó alejándose en plena juventud de forma definitiva. Tampoco olvidó su lengua materna en la que, ya anciano, a piques de morir, compuso una última poesía rememorando, entre otras cosas, aquella infancia feliz en Galicia:

"Eu fun aquel rapaciño/ eu fun aquel fillo teu/ que con bagoas xa mociño/c´o meu corpo m´escapei; soiamente c´o meu corpo, a y´alma ahi cha deichei./ Pra cincuenta anos vai/ que tal tolería fixen,/perdón, perdón miña nai,/mira que xa morte ven, acurrucame no colo/mentras vida o corpo ten/".

Después de una vida muy azarosa, los recuerdos se acumulaban en su memoria, empezando por la pena que le provocó abandonar su tierra natal en plena mocedad, por razones profesionales, pero también huyendo de las circunstancias y errores que le acabarían alejando del mundo en que hasta entonces había vivido:

"Cando de ti eu fuñin/ o´pobriño corasón/ sin poder salir de min, / con tanta pena choraba qu´en bagoas do roxa sangre/ mesmamente s´afogaba/".

A esa pena que siempre llevó en el corazón se unía el recuerdo de las vivencias más alegres de su juventud: de la tierra en que nació; de los bailes y de las romerías; de los paisajes por los que corría; de los trabajos en la tierra, sembrando, sachando, llevando las gavillas o plantando semillas en la huerta; de las Rías y hasta de los primeros amores:

Santa María de Dodro.

"Cuando eu a ti de dexei,/ anque mociño, era un home/ qu´o son de Gaita bailei/ muñeiras...ribeiranas.../ nos soutos, atrios, nas eiras.../entre horreos e cabanas/. Eu sachei millo na leira,/ e fun por molime a´o monte; tiben moza casadeira.../ camino da romería/. Canté por las corredoiras/ que leban as baixas Rías.../pisando toxos e frores/ auga bibín de´fuciños os días de mais calores./ Saltei balos, brinquei jabias,/ carguei con feixe de herba/ e na orta plantei fabas".

Nunca olvidó aquella vaca "marela", la rubia, la del país, a la que ordeñaba y a la que un buen día de madrugada tuvo que llevar al mercado de Padrón para venderla. No lo consiguió, ningún feriante le dio lo que valía, tampoco se disgustó, no tenía ningún interés en deshacerse de ella y menos teniendo el animal un becerrillo al que amamantar:

"Muxin a vaca marela/ que nos truxo un becerriño;/ é fun a feira con ela/ apenas saleu o día,/ sin topar un feriante/ que me diese o que valía./ Mais tanto querer le tiña,/ que toliño de contento/ volvin con miña vaquiña, / sin prata ni calderilla,/ ¡nin siquiera un patacón!/ Cantando deixei a Vila,/¡E canto mó agradeceu/ ó probetiño becerro!/ pois en canto qu´a nai veu/ non deixun de berrear, correndo dereito a ubre, atracouse de mamar".

El mar también formaba parte de los recuerdos que Santiago Astray rememoraba al final de su vida: "Yo fui también marinero, /muy cerquita de Carril". Más de una vez pudo adentrarse por las aguas de la Ría de Arosa en alguna de las dornas que usaban los pescadores de aquel puerto, para capturar ostras y ostros moluscos. Por entonces era ya importante la producción de marisco cultivado en aquella villa marinera, que además era puerto frecuentado por embarcaciones de muchos países, sobre todo por inglesas.

Pero quizá, y como es lógico, los recuerdos más felices de Santiago Astray tenían que ver con la música y las fiestas populares, en las que participó de forma activa tocando el tambor y el cornetín: "fui músico, tamborilero/y toqué el cornetín,/en San Benito da Ponte,/en Valga y en San Martín". La dureza de la vida en la aldea se compensaba con estos festejos populares que se celebraban en distintos lugares de la comarca, en los que se cantaba y bailaba durante horas.

Sin embargo, todo eso quedó atrás cuando Santiago Astray inició los estudios de bachillerato. Igual que su hermano Juan José, que le había precedido para estudiar medicina, se fue a vivir a Compostela. Los dos seguían los pasos de su padre, quien no dejaba de comentar con frecuencia sus años de estudiante, dando por sentado que sus hijos varones habrían de tener una carrera universitaria. Incluso, como sabemos, su hermana Camila se fue a vivir a Santiago, donde se casó y asentó como dueña de un conocido comercio en las calles más céntricas de la ciudad: primero en el Preguntoiro y después en la de Calderería.

A finales del siglo XIX y principios del siglo XX Santiago de Compostela tenía unos 24.000 habitantes; había crecido bastante y había experimentado algunos cambios urbanísticos importantes, como la construcción del Parque de la Alameda y la Plaza del Mercado. También se había iniciado la transición de la iluminación pública de gas a la eléctrica; sin cambiar su carácter sombrío y lluvioso de la ciudad, se iba modernizando.

De todos estos cambios fue testigo Santiago Astray a su llegada a Santiago de Compostela; también de una iniciativa del Ayuntamiento que le afectaba indirectamente, como beneficiario de la Fundación Figueroa: la instalación de una estatua dedicada a don Manuel Ventura

Figueroa en algún lugar destacado de la ciudad. En un principio se pretendía incluso situar el monumento en la plaza del Obradoiro, frente al Catedral y el Palacio de Raxoi; pero como el cabildo cardenalicio no veía oportuno que se pusiera en aquel lugar, la estatua se ubicó al final de la Alameda, donde se encuentra actualmente. La admisión de Santiago Astray como beneficiario "clasificado" de la Fundación Figueroa, había tenido lugar en 1885, por lo que pudo recibir desde ese momento la correspondiente ayuda económica para sus estudios de bachillerato. Los Astray que habían abandonado la ciudad del Apostol a principios del siglo XIX, regresaban al término del mismo siglo bajo el mecenazgo de su famoso antepasado.

En 1898, cuando Santiago Astray estaba terminando el bachillerato, España pasó por otro de los momentos más trágicos de su historia: la pérdida de Cuba y Filipinas, las últimas colonias. Desde ultramar llegaban a la Península combatientes derrotados, heridos o con enfermedades tropicales; para socorrerlos se abrieron suscripciones púbicas. La sociedad española vivió momentos de verdadera conmoción, en Santiago se suspendieron las fiestas del Apóstol y todo pareció venirse abajo; por un momento el país se paralizó.

Desde luego, la situación afectó y mucho al ritmo general de la vida cotidiana, tanto en lo personal como en lo colectivo. Entre los cursos 1898/1899 y 1899/1900 Santiago Astray apenas pudo examinarse, todavía en el Instituto, de las dos asignaturas de francés con que remataba el bachiller; eso sí con calificaciones de Bueno y Notable. No era mal estudiante, en julio de 1901 obtuvo el Grado de Bachiller con la calificación de aprobado y se disponía a iniciar la carrera de Farmacia.

Sin duda, su afición a la Botánica heredada de su padre, influyó en la elección de de sus estudios universitarios. Ya había cumplido los 18 años y era un muchacho inquieto y alegre, no exento de atractivo, que se integró plenamente en la vida compostelana.

# 12. Fonseca

Fonseca.

La Facultad de Farmacia de Santiago de Compostela comenzó a funcionar a mediados del siglo XIX según lo previsto en la llamada Ley Moyano, elaborada por el famoso ministro de Instrucción Pública en 1857. Se sumaba así a las que ya existían en Madrid, Barcelona y Granada. Desde 1857 a 1971 la sede de la Facultad compostelana fue el Colegio de Santiago Alfeo, más conocido como Colegio Fonseca. Antes de 1900 ya habían salido casi 600 titulados, y la profesión de farmacéutico estaba en alza en toda España.

La Falcona.

En la misma poesía, "o rapaciño", que le sirvió para recordar al final de su vida las vivencias de su niñez en Lestrove, Santiago Astray hace alusión a los años de estudiante universitario: "Uns anos tamen pasei/ po la Escola de Fonseca;/¡E que recordos dexei/ na Falcona, entre os Villeus/ nas Ruas, no Preguntoiro,/ entre os profesores meus!". Sin duda alusiones, aunque muy breves, a la agitada vida de estudiante compostelano en aquella época; así parece indicarlo la alusión a la Falcona y a los villeus, el calabozo municipal y los guardias municipales. Algún que otro altercado hubo de haber, en alguna noche de juerga, sin que el asunto dejara más que un recuerdo divertido. Después de los bailes y representaciones teatrales los estudiantes se dispersaban pos las rúas, cantando y bailando, aunque no siempre con el beneplácito de los vecinos, siempre ha habido "movidas".

El Preguntoiro.

En el Preguntoiro, antes de trasladarse a la Caldereria, acababan de abrir una tienda de quincalla la hermana de Santiago Astray, Camila, y su marido Eloy Artime. La tienda era un lugar de parada obligada, que pronto se hizo famoso en todo Santiago, gracias al buen hacer y la personalidad de sus dueños, en especial de Eloy Artime, un republicano muy comprometido en asuntos sociales y que llegó a tener una destacada actividad política. Había nacido en Padrón, pero huérfano cuando apenas era un niño, se trasladó a Santiago donde trabajó como dependiente de una tienda, hasta que puso la suya propia tras casarse en el Palacio Episcopal de Lestrove con Camila Astray en 1902.

A pesar del desastre del 98, el nuevo siglo estaba comenzando con cambios importantes y positivos para la vida de los españoles. En Santiago de Compostela, además de la iluminación eléctrica, a la que ya aludimos, pronto empezaron a hacer su presencia los automóviles y el cine. Ya el año 1900 se realizó la primera proyección cinematográfica, organizada por el fotógrafo coruñés José Seller. Y a partir de 1900 las fotografías de Santiago empiezan a mostrar los postes con cables y palomillas propios del encendido eléctrico. En 1901, las fiestas del Apóstol estrenan los primeros arcos de luces voltaicos que adornan la Plaza del Obradoiro. Es verdad que hasta 1903 no empezaron a circular los primeros coches, pero es indudable que la vida de la ciudad estaba cambiando.

Aquellos años de tantos cambios y novedades, de las que Santiago Astray fue espectador cualificado, no todo eran mejoras: el analfabetismo y los problemas de subsistencia seguían siendo endémicos. El año 1904 fue terrible desde el punto de vista climatológico: lluvias torrenciales y frio, que provocaron la ruina de muchas cosechas, falta de abastecimiento y hambre, sobre todo en las clases más desfavorecidas. De hecho, el cabildo de la Catedral realizó colectas y organizó la asistencia a los más pobres.

En este contexto de luces y sombras realizó Santiago Astray sus estudios de Farmacia, su expediente académico fue bastante bueno, consiguiendo 4 Sobresalientes (dos con mención), ocho notables y un aprobado. En total trece materias en cinco cursos, entre 1901 y 1906: el primer año estudió Física y Química, además de Microbiología, Botánica y Zoología; el segundo Técnica Física, su único aprobado, y de nuevo Mineralogía y Zoología; el tercero Botánica descriptiva y Química inorgánica: el cuarto Materia farmacéutica vegetal y Química Orgánica; y el quinto Análisis Químico, Farmacia práctica e Higiene.

Se trataba de un plan de estudio reformado precisamente a través de un Real Decreto de julio de 1900, modificando el que había estado vigente desde la ley Moyano de 1857. Se proponía reforzar el estudio de los que se consideraban los tres grandes ámbitos de la formación de un farmacéutico: Ciencias Naturales, Ciencias Fisicoquímicas y Ciencias propiamente farmacéuticas; aunque estas últimas estaban todavía al inicio de su desarrollo y previstas para ser impartidas en los cursos de doctorado.

Lo esencial para la formación del farmacéutico seguía siendo proporcionarle la cualificación, pericia y arte necesarios para desarrollar su tarea. El conocimiento de los activos naturales que le podían proporcionar los reinos animal, vegetal y mineral; así como las destrezas para saber utilizarlos en cada caso. Se trataba de que lo que tradicionalmente había sido un mero boticario, acabara siendo un verdadero farmacéutico.

Desde el punto de vista científico la segunda mitad del siglo XIX había sido especialmente significativo para el desarrollo de la microbiológía, con investigadores tan importantes como Pasteur, Koch, Ramón y Cajal o Fleming. Sus descubrimientos se iban integrando poco a poco en los estudios de medicina y de farmacia. Pero sobre todo estaban contribuyendo al desarrollo de la industria farmacéutica, con el patrocinio

de las Sociedades Económicas de Amigos del País y los Reales Colegios de
Farmacia.

Es verdad que, en la Facultad de Farmacia de Santiago, durante
el tiempo en que Santiago Astray realizó sus estudios, todavía no habían
llegado con suficiente intensidad estas nuevas perspectivas y mejoras. La
docencia impartida era la tradicional: clases teóricas basadas en la
utilización de manuales y tratados seleccionados en el programa del
catedrático; mientras que la enseñanza práctica era muy limitada. No se
daban las condiciones necesarias para desarrollar tal fin en los
laboratorios de la Facultad, por lo que los alumnos rara vez tenían la
posibilidad de experimentar por ellos mismos. Tuvo que avanzar el siglo
XX para que las instalaciones fuesen mejoradas y hubiese un acceso del
alumnado a los laboratorios.

En el discurso inaugural que con motivo de la apertura del curso
1906-1907, el siguiente al último año de carrera de Santiago Astray,
pronunció Antonio Eleizegui López, profesor de Materia Farmacéutica
Vegetal, se quejaba amargamente de las condiciones en las que eran
impartidas las prácticas: "Para efectuar estas operaciones son menester
locales a propósito y de ellos puede decirse que estamos totalmente
desprovistos en España, pues no merecen tal nombre los escasos,
reducidos y oscuros de que disponen nuestras Facultades (…) En los de
Santiago falta además el gas, insustituible como medio de calefacción y
hasta hace algunos años se carecía de agua, elemento indispensable para
todas las manipulaciones químicas. (...) Vergüenza causa ver en qué

locales se da la enseñanza experimental. En el fondo de una clase y en el reducido espacio que allí dejan libre los bancos para los alumnos, es donde alterno con mi querido compañero el Dr. Sobrado las prácticas de mi asignatura y en las mismas mesas en las que los alumnos de éste realizan ensayos al soplete sobre carbón, efectúan delicadas preparaciones histológicas, que tanta pulcritud exigen, los discípulos de Materia Farmacéutica Vegetal".

También protestaba el profesor Eleizegui en el mismo discurso contra lo que consideraba una discriminación de las facultades de provincias -Barcelona, Granada y Santiago- con respecto a la de Madrid, ya que sólo en la capital se podían realizar los estudios de doctorado: "Lo que ocurre con la Química Biológica acontece con la Microbiología y la Sueroterapia. ¿Por qué razón solo a los Doctores en Farmacia hemos de exigir su conocimiento y en cambio dejamos al Licenciado sin enseñarle a preparar y valorar los sueros que él mismo se ve obligado a adquirir para atender a la demanda frecuente que de ellos han de hacerle? ¿Cómo pueden nuestros farmacéuticos auxiliar al médico en los diagnósticos que exigen determinaciones bacteriológicas, si no se le dice cómo han de hacerse los cultivos y de qué manera se distinguen".

Estas quejas de uno de los profesores más significativos de la Facultad de Farmacia de Santiago, reflejan algunas deficiencias con las que Santiago Astray tuvo que enfrentarse durante sus estudios, que sin embargo no le impidieron acabar siendo un buen farmacéutico e, incluso, con el tiempo, el director de un importante laboratorio farmacéutico. Por lo pronto en junio de aquel mismo año, 1906, realizó el examen para obtener el grado de licenciado, ante un tribunal nombrado por el Decano de la Facultad: "sacados a la suerte dos temas e incomunicado, verificó este su ejercicio escrito y fue declarado admisible".

En realidad, aquel último examen no solo fue el fin de sus estudios, sino también el de su estancia en Santiago de Compostela y en Galicia, pues hacía meses que había decidido aceptar una oferta de trabajo en San Clemente, un importante pueblo de la Provincia de Cuenca. El farmacéutico de aquel lugar, Bernardo Paños, deseaba tener un socio y Santiago Astray se puso en contacto con él ofreciéndose para el puesto, con objeto de incorporarse antes de que acabara el año 1906.

Una decisión tan importante y decisiva, teniendo en cuenta además lo que suponía en aquellos tiempos semejante cambio, que casi podría calificarse de emigración, aunque fuese dentro de la misma Península, estuvo sin duda motivada por varias razones, siendo la principal y la más importante la meramente profesional: ante las dificultades para iniciar su actividad en Galicia, tanto por cuenta propia como asalariado, la oferta de Bernardo Paños le debió parecer lo suficientemente atractiva.

Sin embargo, no solo fueron motivos profesionales los que llevaron a Santiago Astray a tomar una decisión tan importante, y hasta cierto punto inesperada. También pudo haber razones de carácter familiar, como la necesidad de alejarse de una situación a la que no pudo o no supo hacer frente: los amores con una muchacha de la misma aldea de Lestrove, posiblemente empleada en labores domésticas, dieron como resultado que Santiago Astray tuviera con ella un hijo, que sería conocido como "O Caneda". Es posible que, en un primer momento, Santiago Astray se quisiera casar con la madre de su hijo, pero al parecer se encontró con una fuerte oposición familiar. No sabemos los motivos concretos que provocaron esta oposición, quizá pudo influir la diferente condición social de las familias; tampoco conocemos si hubo algún acuerdo material a favor de la futura madre. En todo caso aquella relación quedó definitivamente rota, como la del mismo Santiago Astray con Lestrove y, en buena medida, con su familia, cuando se trasladó a La Mancha para iniciar una nueva vida

# 13. San Clemente: la farmacia de Bernardo Paños

San Clemente.

El viaje desde Santiago de Compostela a San Clemente en la provincia de Cuenca en diciembre de 1906 no era nada sencillo. La mayor parte trayecto ya se podía hacer en tren, aunque otra tenía que hacerse todavía en caravana. La vía férrea entre Galicia y la Meseta se había inaugurado pocos años antes: primero fue el pequeño tramo entre

"Sarita".

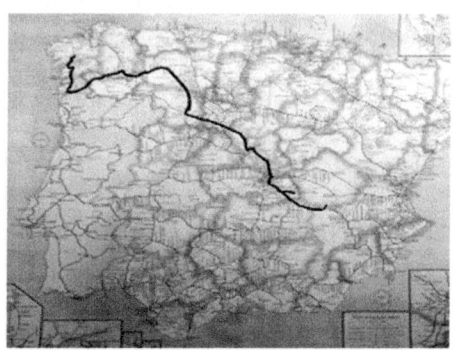

Recorrido del fcc. a principios del XX.

Carril y Pontevedra, que se recorría con la locomotora de vapor "Sarita", después se construyeron el resto de los tramos hasta Madrid entre 1892 y 1899. Aun así, dada la lentitud de los ferrocarriles, no pasaban de los 50 kilómetros por hora, el viaje era muy fatigoso, se tardaba más de 24 horas hasta llegar desde Santiago de Compostela hasta la Estación del Norte de Madrid, donde había que coger otro tren a Villarrobledo, igual o más lento que el anterior, pues podía llevar otras cinco horas. El tramo final entre Villarrobledo y San Clemente había que hacerlo en un coche de caballos. En total un viaje de más de 800 kilómetros que entre paradas, esperas y recorridos podía durar casi dos días, lleno de incomodidades y recalando en las fondas de las estaciones.

Durante el viaje, Santiago Astray pudo reflexionar sobre muchas cosas, al principio todavía en tierras de Galicia su principal sensación era de incertidumbre y de ruptura, una despedida dolorosa de los paisajes familiares que no sabía cuando podría volver a ver. Nunca olvidaría aquellos momentos, entre nubes y brumas hasta pasar por Monforte de Lemos y dirigirse por tierras del Bierzo hasta Zamora y Medina del Campo, donde tenían lugar paradas de descanso y refrigerio. Atravesando la Meseta la llanura castellana se le aparecía a Santiago como un páramo frente al verdor intenso de Galicia, solo algún pinar rompía la monotonía del paisaje, que el frio invernal parecía haber endurecido, sin prados ni árboles frutales, a la espera de que los campos se llenaran de trigo con la llegada de la primavera. Segovia y la Sierra supusieron un cambio radical, volvía la belleza de los bosques, pinares nevados y manantiales, hasta llegar a Madrid bien entrada la noche.

Después de una noche "toledana" en la Posada de los Gallegos de la calle de Segovia, sorprendido por el bullicio de la capital y el trajín de la Estación de Atocha, Santiago continuó viaje hasta Villarrobledo, donde tomó la famosa golondrinica, la diligencia que le llevó finalmente a San Clemente. No se tardaba mucho en cubrir las cuatro leguas que separaban las dos poblaciones, pero el trayecto en el viejo carruaje no era demasiado cómodo, sobre caminos duros e irregulares, atacados por aquellas fechas por las heladas que provocaban las bajas temperaturas invernales.

Como estaba previsto Santiago Astray fue recibido en San Clemente por el farmacéutico Bernardo Paños, que le estaba esperando para ayudarle a asentarse en su nuevo destino. Se dirigieron a la calle Feria donde se alojaba el boticario en el mismo edificio en que se ubicaba su farmacia. Bernardo era un hombre campechano, ya entrado en años, muy querido entre sus convecinos, pues desde muy joven había regentado la farmacia a la que ahora se incorporaba Santiago Astray. A pesar de la diferencia de edad, el viejo farmacéutico y el recién licenciado se entendieron muy bien, desde el primer momento cuentas y balances pasaron a ser conjuntos. El 31 de diciembre del año 1906 se cerraron las que tenía la farmacia con los hijos de María José Vidal y Ribas, que firmaron en consuno por primera vez. Y así continuó siendo durante dos años, hasta el 31 de diciembre de 1908, cuando se cerraron las cuentas con otros clientes, los señores de Matarredona.

Durante ese tiempo Santiago Astray pudo familiarizarse con el oficio de farmacéutico y ganarse la confianza de la clientela, no solo del mismo San Clemente sino también de lugares cercanos. También pudo instalarse en una buena casa cercana a la farmacia e integrarse plenamente en su nuevo destino.

San Clemente era por entonces un importante pueblo manchego en la provincia de Cuenca, agrícola y ganadero; pero también de servicios, sobre todo desde el siglo XVII. Con anterioridad históricamente había tenido cierta relevancia: durante la guerra que mantuvieron los Reyes Católicos contra los seguidores de Juana la Beltraneja, entre los años 1476-1479, el pueblo de San Clemente decidió apoyar a Isabel la Católica y rebelarse contra Marqués de Villena, partidario de la Beltraneja. Una vez finalizada la guerra con victoria para el bando isabelino, los Reyes Católicos decidieron incorporar la villa de San Clemente a la corona, haciéndola de realengo y otorgándole la independencia de la villa de Alarcón en agradecimiento por su apoyo. Los monarcas visitaron San Clemente el 9 de agosto de 1488, visita en la que, como gesto de gratitud, confirmaron los privilegios que anteriormente les habían otorgado, jurando "de facer guardar y facer mandar guardar todas las cosas y mercedes y privilegios que tenía dicha villa".

Otro capítulo importante de la historia de San Clemente había tenido lugar durante la invasión francesa de principios del siglo XIX, su resistencia contra los invasores estuvo acorde con la de otros muchos lugares de la Península en aquellos momentos heroicos. En su caso estuvo capitaneada, entre otros, por un personaje llamado Bibiano Hellín, a quien el novelista Pérez Galdos otorgó un papel importante como héroe local en sus Episodios Nacionales. Terminada la Guerra de la Independencia, en 1814, durante el reinado de Fernando VII, San Clemente quedó señalado como uno de los once partidos judiciales de la provincia de Cuenca, continuando su desarrollo durante todo el siglo XIX.

Sin embargo, y a pesar de su creciente importancia, por distintas razones, entre ellas la voluntad de las principales familias del lugar, a San Clemente no llegó el ferrocarril, como a otras poblaciones similares; lo que para algunos historiadores supone que "la villa renacentista quedó anclada en el pasado y aislada en el interior de La Mancha del avance industrial del Levante y Norte de España". En realidad, no toda la prosperidad de una villa dependía de la llegada del tren hasta ella y San Clemente, con su propia idiosincrasia, sin duda la que quisieron preservar sus vecinos, continuó siendo un lugar de relativa importancia.

La población de San Clemente llegó a ser de casi tres mil habitantes, fundamentalmente campesina; pero también incluía un buen número de hidalgos, además de comerciantes, artesanos o los que ejercían labores administrativas o profesiones liberales, como médicos o abogados; también notarios. En pleno desarrollo, atraía a las gentes de otros lugares cercanos, como si se tratara de una pequeña corte manchega de la región de Montearagón.

En esa corte, además de un trabajo, Santiago Astray encontró muy pronto la mujer con la que pudo formar una familia, pues se casó en 1908 con Concepción Risueño Giménez. Sin duda, el joven farmacéutico, que no carecía de buenas cualidades y atractivo físico, inteligente y simpático, fue acogido en la nueva sociedad a la que se había incorporado de forma particularmente favorable. Concepción Risueño pertenecía a una familia bastante relevante: su padre Santiago Risueño Pradas, que había muerto unos años antes, además de abogado, había ejercido como Juez de Paz y funcionario de Ultramar. Además, por parte de su madre Isabel Giménez Girón, Concepción Risueño también descendía de una familia de terratenientes, con arraigo antiguo en San Clemente.

Pelando el azafrán.

# 14. Los Risueño

Isabel Giménez y Santiago Risueño

Santiago Astray y Concepción Risueño

En la rebotica en la que Santiago Astray trabajaba y en la que, en muchas ocasiones, se reunía con sus nuevas amistades, fue donde pudo enterarse de la procedencia y los avatares de sus nuevos vecinos. Entre los que allí acudían con cierta asiduidad se encontraba Pedro Arcas, casado con María Risueño, hermana dos años mayor de Concepción, de la que Santiago andaba bastante enamorado. Pedro era un hombre ya maduro, bien entrado en los cuarenta, que resultó ser buen consejero para el joven farmacéutico. Además, se había convertido de hecho en el cabeza de familia de los Risueño, pues el padre de María y Concepción había muerto en 1900. Encantado de encontrar un buen partido para su cuñada, no solo no puso impedimentos sino que propició el matrimonio.

No sabemos hasta que punto Santiago Astray se sinceró con su amigo sobre su etapa de estudiante y las circunstancias en que abandonó Galicia. En todo caso, Pedro Arcas le puso al tanto de los antecedentes familiares de su futura mujer, que a partir de su matrimonio habrían de ser los suyos propios, aunque las raíces gallegas siempre permanecieran vivas en su ánimo.

Ya hacía más cien años que los Risueño se habían asentado en San Clemente, fue Juan Antonio Risueño quien con su mujer María de Lara se instalaron allí a finales del siglo XVIII. Juan Antonio había nacido en Villar de Cañas y María en El Provencio, a tres leguas de San Clemente, donde finalmente se asentaron para administrar las propiedades que les habían dejado en herencia los Lara. Allí nació su hijo, Pedro José Risueño Calvo, al que enviaron a estudiar derecho, consiguiendo gracias a eso que acabara ejerciendo como notario en el mismo San Clemente. Los Risueño subieron un peldaño más en su posición social cuando Pedro José se casó en 1800 con María Victoria Calvo Cabrera, descendiente de una de las familias más antiguas e importantes de San Clemente.

Los Risueño.

El padre de María Victoria se llamaba Francisco Calvo Montero y la madre Antonia Catalina Cabrera Torrecilla Giménez, los dos bastante longevos para la época, pues habían nacido a mediados del siglo XVIII y vivieron hasta los años 30 del siguiente. Sus bienes y posesiones eran considerables: en su testamento Antonia Catalina dejó el encargo de que la amortajaran con sus propios vestidos y de que se dijeran bastantes misas por ella, algunas en la capilla de San Juan de Letrán del Convento de San Francisco; también legó bienes a un fondo de viudas y huérfanos.

Según le contaba Pedro Arcas a Santiago Astray se trataba de gente rica pero muy trabajadora y generosa, empeñada en dar la mejor educación a sus hijos, con mucha influencia en el pueblo y preocupada por los más desfavorecidos en tiempos particularmente difíciles. Las primeras décadas del siglo XIX dejaron mucha pobreza en lugares de la Mancha como San Clemente, como consecuencia sobre todo a la Guerra de la Independencia, pero también de la situación climática que fue particularmente adversa para la agricultura: se produjeron lluvias excesivas en el invierno, que hicieron peligrar las sementeras; pertinaces sequías en la primavera, que dificultaron el crecimiento del cereal, y rigurosos calores en los meses de verano. Por su parte, las crisis epidémicas, sobre todo de paludismo, provocaron la muerte de muchos jornaleros y de pequeños labradores. A duras penas familias como la de los Calvo y Cabrera pudieron subsistir a estas penalidades, que tardaron bastante tiempo en remediarse.

Pedro José Risueño y su mujer María Victoria Calvo tuvieron su primer hijo en 1806, al que pusieron los mismos nombres que tenía su padre. La infancia de este segundo Pedro José Risueño no fue fácil, pues coincidió con la invasión napoleónica. Sin embargo, tras el fin de la guerra con los franceses, las fuerzas vivas de San Clemente, que además habían tenido un papel importante en la resistencia durante la ocupación, se esforzaron por superar la grave crisis por la que habían tenido que pasar. Igual que los Calvo, los Cabrera o los Risueño, los Giron tenían un papel relevante en aquellos momentos en San Clemente. Se trataba de otra de las familias más antiguas del lugar, descendientes, entre otros, de un médico afincado allí a principios del siglo XVIII. Su relación con los Risueño se fue afianzando gracias a los sucesivos matrimonios de ambas familias, acrecentando así una vez más la posición de unos y otros. Primero fue Joaquina Pradas Girón a que se casó en 1834 con Pedro José Risueño Calvo y, después, el hijo de este, Santiago Risueño Girón con Isabel Giménez Giron. Era un caso parecido al que había ocurrido con los Barreiro y los Astray en Galicia, cuyos matrimonios sucesivos propiciaron la supervivencia de las dos familias, así que para Santiago Astray todo este tejemaneje genealógico no le parecía nada extraño.

El mismo Pedro Arcas, que trataba de poner a Santiago Astray al corriente de estos ajetreos matrimoniales, además de casarse con una Risueño era hijo de otra, Remedios Risueño Pradas, hermana de Santiago Risueño, el padre de Concepción, o sea su cuñada y la que le gustaba al farmacéutico. La cosa tenía su intríngulis que Santiago Astray no llegó a entender del todo, salvo que aquella gente que, según esperaba, se convertiría en su futura familia política, había tenido y tenía sus cualidades. Vamos, que la banda de Abel también tenía representantes en la Mancha, a pesar de la diferencia de caracteres y costumbres con los que un gallego tenía que enfrentarse.

De quien más oyó hablar fue de Santiago Risueño Pradas, el padre de Concepción y tío de Pedro Arcas, que hubiera sido su suegro de no haber muerto en 1900. Aunque murió joven, había nacido en 1845, tuvo una vida muy intensa: fue abogado, juez de paz y funcionario de Ultramar. Estudió en la Facultad de Derecho de la Universidad Central entre 1861 y 1867, alcanzando el título de Licenciado en Civil y Canónico. Después ejerció como auxiliar de la clase de Quintos del Ministerio de Ultramar, entre 1868 y 1869, en plena República. En 1886 solicitó ser incluido en el Escalafón de la Carreras Judicial y Fiscal de la Península y Ultramar.

Entre todas estas actividades Santiago Risueño pudo dedicarse a su mayor afición, junto a sus hermanos y parientes: la caza. En un libro que tenía Pedro Arcas dedicado a *Narraciones cinegéticas*, el dramaturgo Enrique Pérez Escrich relataba un viaje que realizó en 1877, invitado por el marqués de Valdeguerrero, a San Clemente. Durante ese viaje el autor del libro conoció a Santiago Risueño y a sus hermanos; quedando muy impresionado por su personalidad. Según cuenta: "se habían organizado dos grupos de cazadores, el del marqués de Valdeguerrero, que estaba en Torre de Alvar Ruis, y otro que venía del Deheson de Asteseros en la carretera de Úbeda a Albacete, en el que se hallaban los hermanos Risueño de San Clemente, amigos íntimos de los Sandovales, que los acompañaban todos los años a la expedición del macho".

"Los Risueño cazadores eran Joaquín, Carlos y Santiago, tres jóvenes que después de seguir en Madrid una brillante carrera literaria, se han retirado a su pueblo de San Clemente, como verdaderos filósofos, matando el tiempo lo más apaciblemente posible, sistema recomendado por la higiene para llegar a viejos y morir sin remordimientos. Los Risueños se hacen simpáticos desde el primer momento que se les trata, cuando se hallan entregados a su afición favorita, la caza, cuando viven en la áspera rudeza de los montes, al verles con sus albarcas y sus trajes viejos y remendados, se nota cierta contraposición entre sus semblantes y sus vestidos; diríase que los Risueño tienen cierta vanidad en tomar el aspecto de matuteros, pero para eso sería necesario que se mudaran las cabezas. Aquellos trajes están en abierta oposición con la fácil palabra, ilustrada conversación y vivo ingenio de sus dueños. Yo he tenido más de una vez ocasión de apreciar lo que digo, cuando por las noches, al amor de la lumbre se trataba esa guerrilla de palabras que tan amenas hacen las veladas de caza".

Estos comentarios de Pérez Escrich sobre los Risueño cazadores no dejaron de sorprender a Santiago Astray. Aunque él no era nada aficionado a la caza, desde su llegada a San Clemente fue descubriendo un deporte que apasionaba a muchos de sus nuevos convecinos, por lo menos a los más acomodados, como los Risueño, su familia de acogida. El noviazgo entre Concepción Risueño y Santiago Astray no fue muy largo, pues como adelantamos su boda se celebró en la parroquia de Santiago Apóstol, un precioso día de primavera, el 3 de mayo de 1908, apenas año y medio después de la llegada de Santiago desde Galicia.

# 15. De San Clemente a Madrid

Santiago Astary con sus hijos.

La casa del boticario, la que Santiago Astray y su mujer Concepción Risueño compartieron en San Clemente durante diecisiete años, entre 1908 y 1925, acogió una prole numerosa. Allí nacieron todos sus hijos, primero Fernando en 1909, que murió prematuramente (solo vivió dos meses), al año siguiente nació Isabel, la mayor de los supervivientes. Cuatro más consiguieron salir adelante y tres se quedaron por el camino, como no dejaba de ser frecuente, en una época de alta mortandad infantil. Fueron años de duro trabajo y de aprendizaje, pues el oficio de farmacéutico requería estudio constante y puesta al día de los medicamentos y tratamientos que se estaban desarrollando.

A partir de 1909, Santiago Astray se quedó como único responsable de la farmacia; incluso tuvo que tramitar el envío de su título de Licenciado a través del Gobierno Civil de Albacete a las autoridades académicas de Santiago. Seguramente hasta ese momento y al haber otro titular, no había tenido que acreditar su condición. Además, el trabajo se acumulaba y decidió contratar un "mancebo" para que le ayudara a atender a la clientela, cada vez más numerosa, venida localidades de toda la comarca.

La muerte del padre de Santiago Astray en 1910 coincidió con la de la madre de Concepción; para el matrimonio fue un duro golpe, acrecentado en el caso de Santiago por la imposibilidad de trasladarse a Galicia para asistir a los funerales de su padre: Salustiano Astray había muerto accidentalmente al caerse del caballo, cuando regresaba de atender a unos enfermos. Siete sacerdotes de Dodro y otras parroquias cercanas participaron en las exequias por el médico de Lestrove, que había atendido a los vecinos de todas ellas durante más de treinta años. Poco después, fue la madre de Santiago la que, aquejada de demencia, se trasladó a vivir a San Clemente desde Lestrove junto a su hijo, que la cuidó hasta su muerte.

A partir de 1920, cuando ya habían nacido todos sus hijos,

Santiago y Concepción empezaron a plantearse salir de San Clemente para ir a vivir a Madrid; sin duda, las posibilidades que ofrecía este cambio para el futuro de todos ellos eran mejores que las que pudieran tener en el pueblo. Sobre todo, a la hora de realizar estudios universitarios, como finalmente ocurrió.

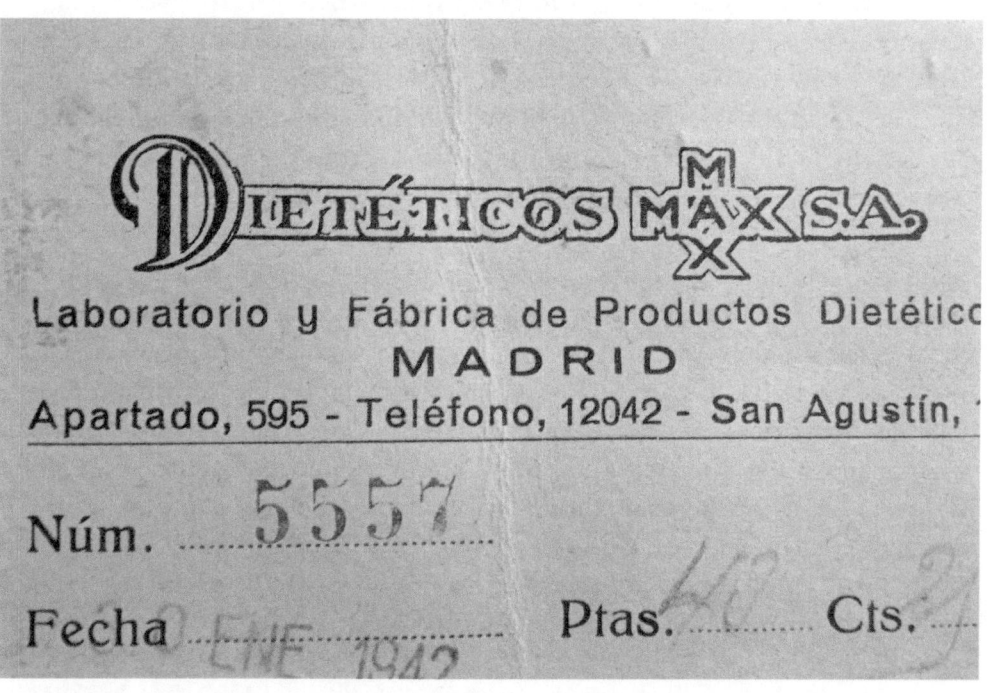

La oportunidad surgió cuando Santiago Astray consiguió ser

seleccionado como director técnico de los laboratorios Mater Max. Desde el golpe de Estado del General Primo de Rivera en 1923 y la pacificación del país, algunas empresas se estaban instalando en España, entre ellas laboratorios farmacéuticos dedicados a la fabricación de leche en polvo para bebés.

Este nuevo destino era todo un reto para Santiago Astray que, a pesar de los años trascurridos, seguía teniendo su corazón de Galicia. El año 1924, pocos meses antes de incorporarse a los laboratorios madrileños, todavía en San Clemente, escribió una poesía titulada "la súplica de un fillo", que fue publicada en la primera página del *Eco de Santiago* el 5 de agosto de aquel año:

"Galicia a miña, miña Galicia,/de ti alexado morrendo vou;/mándame o`orballo das tuas prantas,/mándame o aroma dos teus pinares,/mándame axiña dos teus cantares/ o aturuxo, donde eu estou./Estou na España dos celtibeiros,/estou na Mancha dos Quixoteiros,/¡dos teus penedos mándame o sol!./mais si non podes mandarme nada/por ter a centos no mundo enteiro, tanta familia desparramada;/¡Nai!, ¡Naiciña! dille ó gaiteiro/sempre que pase polo cruceiro/polo cruceiro do meu lugar,/que o fol aprete da gaita meiga/pois miña alma toda ela enteira/ó pe do Cristo lle pedirá/eterno canto o da muñeira, da muñeiriña do meu lugar."

Al final, fue en agosto de 1925 cuando Santiago Astray dejó de regentar la farmacia de San Clemente para trasladarse con toda la familia a Madrid. Como paso previo tuvo que darse de baja como subcabo del Somatén, una institución catalana, una especia de policía local compuesta por voluntarios, personas de buena fama, que el General Primo de Rivera había extendido a toda España. Su misión era contribuir a la seguridad y tranquilidad de las poblaciones del ámbito rural. A partir de ese momento, Santiago Astray podía abandonar San Clemente, para afrontar su nuevo destino profesional.

Una vez en Madrid, consiguió instalar a la familia en un bonito piso de la calle Viriato, en el barrio de Chamberí. Los que más se beneficiaron del cambio fueron sus hijos, que además de poder realizar sus estudios en los mejores centros de la capital, se integraron sin dificultad en la sociedad madrileña. Isabel, la mayor, se casó con un músico de renombre, Rafael Benedito, director de La Masa Coral de Madrid; Ramón y Concepción estudiaron farmacia; mientras que Juan y María Dolores derecho. Previamente habían estudiado el bachillerato en el Instituto; las chicas, a las que sus padres encaminaron desde un primer momento a los estudios universitarios, a pesar de que no era lo más habitual entonces, en el Cardenal Cisneros, uno de mejores centros de enseñanza de la Capital.

Entre tanto, con la llegada de la República las cosas empezaron a complicarse en España y particularmente en Madrid. La neutralidad política propició que, a pesar de sus convicciones religiosas y una vez iniciada la guerra civil, la familia no fuera perseguida, a diferencia de lo que ocurrió en San Clemente, donde varios Risueño y Arcas fueron asesinados. En todo caso fueron años terribles, de gran sufrimiento, en Madrid se vivieron actos de violencia y carestía terribles. Se trataba de una ciudad sitiada en condiciones cada vez más extremas, con los frentes tan cercanos a algunos barrios, que una de las hijas, Concepción, recibió una bala perdida en una pierna cuando iba por la calle; fue recogida por un coche de milicianos que la llevaron al hospital.

Todos los Astray Risueño, excepto Ramón, consiguieron sobrevivir a la guerra, igual que sus padres. Ramón enfermo de tuberculosis, muy frecuente en la época, se había ido a ejercer su profesión a un pequeño pueblo de la Sierra de Gredos, llamado Villatoro. Por ese motivo, cuando empezó la guerra civil en 1936, quedó en la zona llamada nacional, por lo que no pudo volver a ver a su familia, puesto que murió en el duro invierno del 38, al parecer caído en la nieve por accidente, cuando iba realizar labores asistenciales.

# 16. Epílogo

Antonio Recuero y Concepción Astary el día de su boda.

Por enésima vez, el drama de Caín y Abel se había puesto de manifiesto con toda su crudeza en España. La Guerra Civil dejó profunda huella en todos los que sobrevivieron para contarlo, sin que se supiera muy bien a que "banda" pertenecían los de cada "bando". Para Santiago Astray y Concepción Risueño el fin de la contienda dejó pasó a los últimos años de sus vidas: Concepción murió en 1948, envejecida y agotada por el sufrimiento, y Santiago en 1951; fue el fin de una supervivencia secular que había unido a dos familias, de origen distinto pero consecuentes con los ideales y planteamientos heredados de sus antepasados. Los que ellos mismos pudieron dejar a sus hijos, protagonistas de una nueva lucha por salir adelante, en plena posguerra.

En algunos casos lo primero fue acabar los estudios, interrumpidos durante la contienda, como paso previo a poder formar una familia; así lo tuvo que hacer la menor de las hijas de Santiago Astray y Concepción Risueño, que también se llamaba Concepción, aunque todos la llamaban Concha o, más bien, Conchita. En abril de 1941, apenas un año después de terminada de guerra civil y con 25 años, ya tenía su título de farmacia expedido por las nuevas autoridades políticas; pero lo más importante para ella durante aquella prolongación de sus estudios universitarios, fue conocer a un estudiante de derecho procedente de Ciudad Real, que se llamaba Antonio Recuero.

Los dos eran muy jóvenes y con la vida por delante, en su caso fue más fácil superar las secuelas de la guerra. La familia de Antonio, como la de los Risueño, era de origen manchego, más concretamente de Valdepeñas, un pueblo muy importante de la provincia de Ciudad Real, que a finales del siglo XIX ya tenía más de veinte mil habitantes. Su ascendencia quizá no fuese muy significada, ni siquiera como terratenientes o gente más o menos adinerada, pero si trabajadora que con su esfuerzo prosperaron lo suficiente para facilitar la supervivencia y educación de sus descendientes. Sus principales ocupaciones fueron fondas y bodegas; incluso algún historiador incluyó a los Recuero en lo que él llamaba de forma tendenciosa: "élites políticas de poder local". En realidad, gente trabajadora y grandes contribuyentes, que asumieron más de una vez los cargos de concejal y alcalde, como solía ser habitual durante el período de la Restauración.

Antonio Recuero, que era un hombre tranquilo y modesto, hablaba poco de su procedencia que, si por parte paterna no tenía nada de que avergonzarse, menos por parte materna. Su madre se llamaba Dolores López Sánchez y era pariente de algún que otro banquero adinerado, aunque eso era lo de menos. Vivía en una casa de tres pisos en el número 4 de la calle Postas de Ciudad Real, allí pasó la guerra junto a su marido, José Recuero, empleado de correos. Cuidaba de su hermano ciego, "el Chache", que vivía con ellos y de sus hijos, Antonio y Vicenta, los que a pesar de las circunstancias procuró dar una buena educación.

Instituto Juan de Ávila de Ciudad Real.

Antonio que destacó siempre por su buena memoria, heredada de su madre, estudió en el Instituto Juan de Ávila de Ciudad Real hasta los dieciocho años; justo cuando comenzó la guerra civil terminó el bachillerato. Una vez finalizada se trasladó a Madrid para estudiar Derecho, tras ser desmovilizado con veintidós años. Hizo una buena carrera y cuando conoció a Concha Astray estaba ya preparando la oposición a Abogado del Estado. Su buena memoria y la perseverancia en el estudio propiciaron que aprobara con relativa rapidez para los tiempos que corrían. Gracias a su esfuerzo tenía la vida resuelta, perteneciendo además a uno de los cuerpos más importantes y prestigiosos de la Administración del Estado, desde su fundación en el siglo XIX.

Antonio y Concepción se casaron en 1946: la boda se celebró en la Parroquia de Santa Teresa y Santa Isabel del barrio de Chamberí de Madrid. Sin que España se hubiera recuperado todavía de la suya, acababa de terminar la Segunda Guerra Mundial, dejando tras de sí una Europa desolada. Más allá de la mera supervivencia, lo que tocaba era superar traumas muy profundos y comenzar una nueva vida. Antonio y Concepción contaban para eso con los mismos afanes y principios que habían movido a los que les habían precedido durante generaciones. Las circunstancias les llevaron a cambiar de domicilio, según lo requerían los distintos destinos de trabajo de Antonio: dejaron Madrid para instalarse en Murcia, después en Albacete, durante diez años, y de nuevo de vuelta a Madrid en 1960.

Este último traslado a Madrid vino determinado, entre otras cosas, por la principal preocupación familiar: los hijos y su futura formación. En vísperas de la mudanza ya eran cinco, cuatro niños y una niña, que fueron escolarizados en los mejores centros educativos disponibles en la capital. En el caso de los chicos en el Instituto Ramiro de Maeztu, por entonces instituto modelo, y la hija en el Colegio de Santa Joaquina Vedruna.

La avenida de La Castellana en los años sesenta.

Madrid en los años sesenta todavía se estaba recobrando de las consecuencias de la guerra; si bien ya estaba en pleno proceso de recuperación e, incluso, de desarrollo. La zona norte con la continuación de la Castellana y los llamados Nuevos Ministerios era una de las de expansión más importantes. Antonio y Concepción consiguieron un buen piso en alquiler no lejos de esa arteria principal, en la calle Modesto

Lafuente, en el barrio de Chamberí; además Antonio era destinado al Ministerio de Obras Públicas como Abogado del Estado.

Sacar la familia adelante y cuidar de sus hijos, como había sido siempre la de los de la banda de Abel, fue su único afán hasta su prematura muerte, la de Antonio, en 1965. Ya había estado enfermo de tuberculosis poco antes, aunque fue un episodio respiratorio lo que le provocó su fallecimiento de forma inesperada, después de algunos días en el hospital. Los momentos de lucidez que todavía tuvo fueron como toda su vida, la preocupación constante por los demás y, en particular, por su mujer y sus hijos; pero, sobre todo, la manifestación de su profundo amor a Dios y el abandono en su divina Providencia.

# 17. Cuadro Genealógico

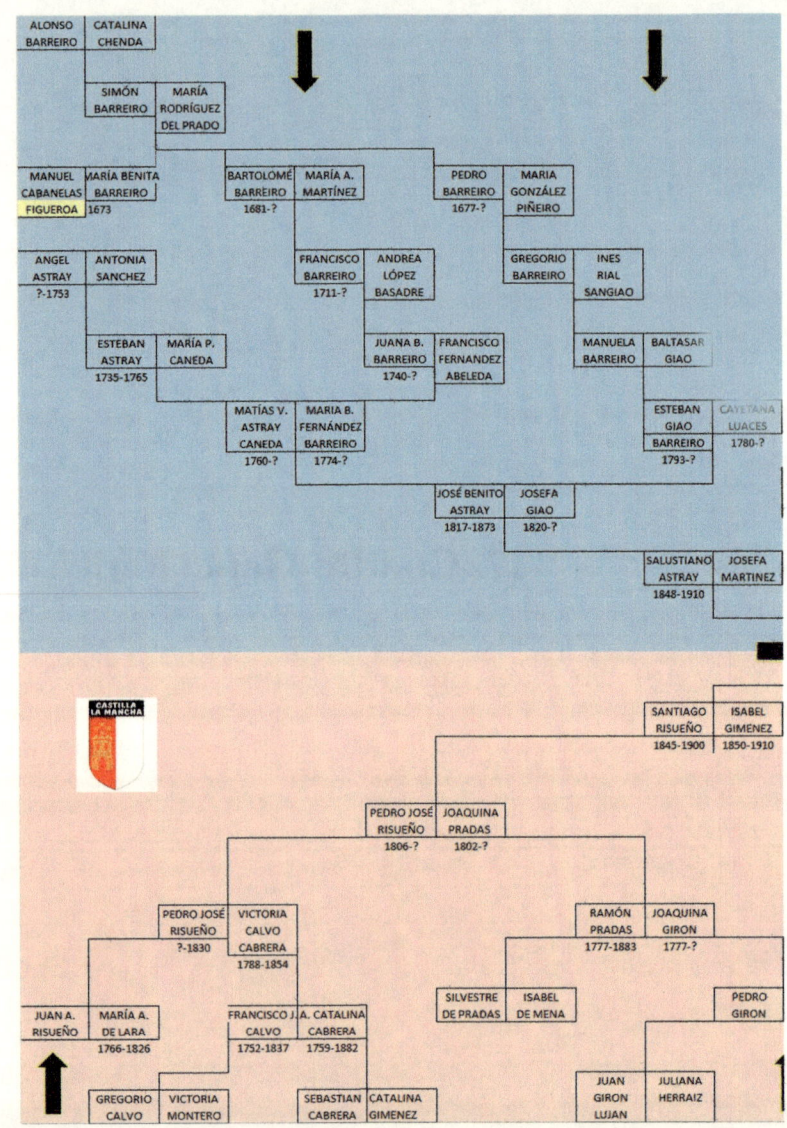

ALONSO BARREIRO — CATALINA CHENDA

SIMÓN BARREIRO — MARÍA RODRÍGUEZ DEL PRADO

MANUEL CABANELAS FIGUEROA — MARÍA BENITA BARREIRO 1673

BARTOLOMÉ BARREIRO 1681-? — MARÍA A. MARTÍNEZ

PEDRO BARREIRO 1677-? — MARIA GONZÁLEZ PIÑEIRO

ANGEL ASTRAY ?-1753 — ANTONIA SANCHEZ

FRANCISCO BARREIRO 1711-? — ANDREA LÓPEZ BASADRE

GREGORIO BARREIRO — INES RIAL SANGIAO

ESTEBAN ASTRAY 1735-1765 — MARÍA P. CANEDA

JUANA B. BARREIRO 1740-? — FRANCISCO FERNANDEZ ABELEDA

MANUELA BARREIRO — BALTASAR GIAO

MATÍAS V. ASTRAY CANEDA 1760-? — MARIA B. FERNÁNDEZ BARREIRO 1774-?

ESTEBAN GIAO BARREIRO 1793-? — CAYETANA LUACES 1780-?

JOSÉ BENITO ASTRAY 1817-1873 — JOSEFA GIAO 1820-?

SALUSTIANO ASTRAY 1848-1910 — JOSEFA MARTINEZ

CASTILLA LA MANCHA

SANTIAGO RISUEÑO 1845-1900 — ISABEL GIMENEZ 1850-1910

PEDRO JOSÉ RISUEÑO 1806-? — JOAQUINA PRADAS 1802-?

PEDRO JOSÉ RISUEÑO ?-1830 — VICTORIA CALVO CABRERA 1788-1854

RAMÓN PRADAS 1777-1883 — JOAQUINA GIRON 1777-?

SILVESTRE DE PRADAS — ISABEL DE MENA

PEDRO GIRON

JUAN A. RISUEÑO — MARÍA A. DE LARA 1766-1826

FRANCISCO J. CALVO 1752-1837 — A. CATALINA CABRERA 1759-1882

GREGORIO CALVO — VICTORIA MONTERO

SEBASTIAN CABRERA — CATALINA GIMENEZ

JUAN GIRON LUJAN — JULIANA HERRAIZ

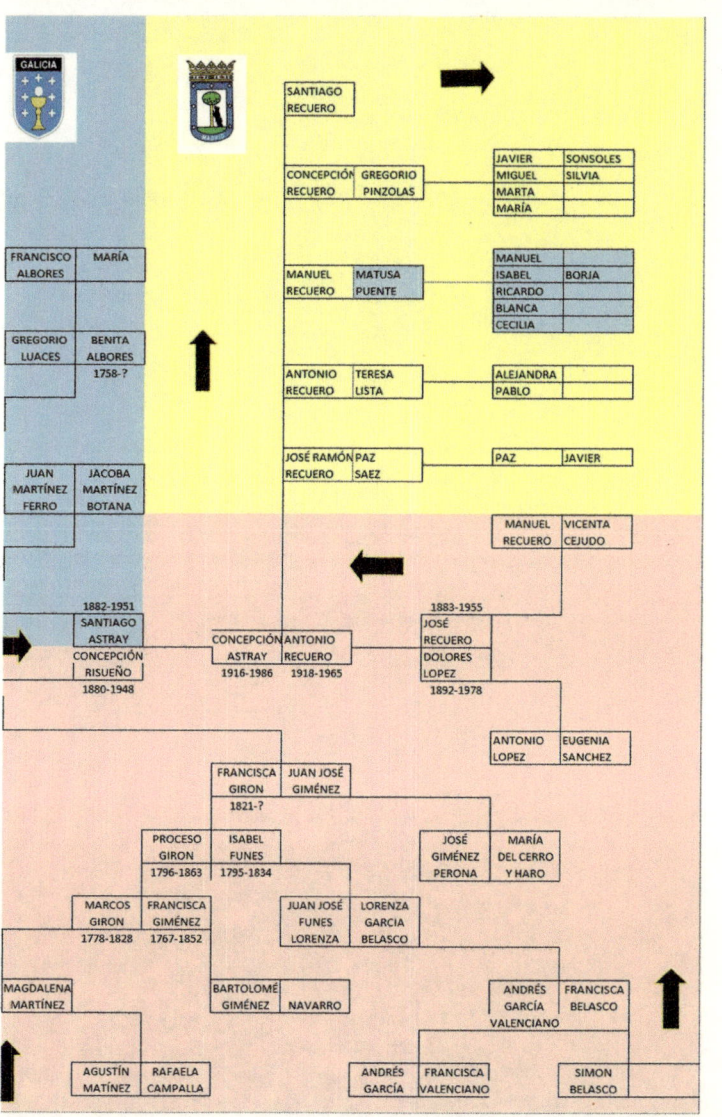

Este libro se terminó de imprimir en junio de 2025